Mein Weg als ISAURA

BARBARA GOCZKE-GAVAZAJ

Mein Weg als ISAURA

Bibliografische Information der Deutschen Nationalbibliothek:
Die Deutsche Nationalbibliothek verzeichnet diese Publikation in der
Deutschen Nationalbibliografie; detaillierte bibliografische Daten sind
im Internet über dnb.d-nb.de abrufbar.

TWENTYSIX – der Self-Publishing-Verlag
Eine Kooperation zwischen der Verlagsgruppe Random House und
BoD – Books on Demand, Norderstedt

© 2020 Barbara Goczke-Gavazaj
Covergrafik: Helen Hotson/ Tithi Luadthong/ Shutterstock.com
Originalbild Cover: Maciej Knapa
Coverdesign, Satz, Herstellung und Verlag:
BoD – Books on Demand, Norderstedt

ISBN: 978-3-7407-6540-8

Kapitel 1

Isaura ist der Name einer wunderschönen Darstellerin in einer brasilianischen Telenovela, in der eine junge und hübsche Frau eine Sklavin spielt. Obwohl ihr Herrscher einen Freilassungsbrief vor seinem Tod unterschreibt, tut der Sohn Alfonso, der total vernarrt in Isaura ist, alles dafür, dass sie nie frei wird. Er versteckt dieses Dokument, lässt es gar verschwinden, schikaniert sie und benimmt sich, als wenn sie sein Eigentum wäre. Jahre und Jahre vergehen. Isaura, die eine liebevolle und fürsorgliche Darstellerin spielt, nimmt es immer und immer wieder mit ihm auf, jedoch leider ohne Erfolg. Weil sie seine Gefühle nicht erwidert und sich aus seinen Armen immer wieder losreißt, wird sie erniedrigt, gedemütigt und geschlagen. Alle, die sich für sie einsetzen und sich dem Herrscher widersetzen, werden bestraft und ausgepeitscht. Teilweise bangen sie um ihr Leben oder überleben es nicht. Isaura ist nicht nur selbst körperlich und geistig gefangen, sondern auch allen anderen gegenüber machtlos.

Jeden Dienstagabend schaute Helmut mit seiner jüngsten Tochter, »Papas Tochter«, und dem Rest der Familie, wer wollte, diese Serie und nannte Barbara »Isaura«. Da ich noch sehr klein war, sechs oder sieben Jahre alt, als diese Serie lief, musste ich bei Liebesszenen immer die Augen zumachen, wegschauen oder Papa hielt mir die Hand vor die Augen. Das war immer irgendwie lustig, weil sonst Totenstille im Wohnzimmer war, aber vor den

Liebesszenen wurden alle irgendwie nervös und hektisch. Im Vergleich zu der heutigen Technik und Übertragung war die Qualität schlecht, aber wir hatten immerhin einen Farbfernseher.

Ich war in relativ schlichten Verhältnissen und bescheiden, aber glücklich aufgewachsen. Obwohl mein Papa ein Überlebenskünstler war und ein Alkoholproblem hatte, hatte er für seine Familie immer liebevoll gesorgt und alles, was in seiner Macht stand, getan, damit es ihr gutging. Die kleine Isaura, mit ihrem pechschwarzem Haar, grün-grauen Augen und einer energievollen Art, war Papas Tochter. Das heißt nicht, dass er die anderen nicht geliebt und umsorgt hatte; sie hatten halt ein ganz besonderes Papa-Tochter-Verhältnis zueinander. Sie konnte ihn immer um den Finger wickeln. Immer wenn Papa das Haus verließ, wollte sie mit, strampelte so lange und hängte sich Papa an die Beine, bis sie ihren Willen durchsetzte, meistens zumindest. Er brachte von unterwegs immer etwas mit, auch wenn es nur ein Bonbon oder Lutscher war. Er war immer für einen Blödsinn mit uns Kindern zu haben. Es gab einmal so eine Situation, dass mein großer Bruder irgendetwas angestellt hatte und mein Vater ihm dafür den Hintern versohlen wollte. Ja, das waren die damaligen Erziehungsmaßnahmen. Vor meiner Mutter tat er toternst und hatte uns alle ins Zimmer gebeten. Dann sagte er zu meinem Bruder, den er mit Spitznamen »Tromba« nannte, so etwas wie »Rüssel«: »Ich schlage jetzt voll in das Kissen ein und du schreist und weinst, so laut du kannst …« Und so hatten sie es gemacht und meine Schwester und ich lachten uns kaputt. Ich glaube, meine Mutter hatte dieses Schauspiel nicht durchschaut, wollte es vielleicht nicht durchschauen oder kannte es halt nicht anders.

Isauras Familie war gewöhnlich. Sie hatte eine Mama und drei Geschwister. Zwei davon waren älter und einer jünger. Sie war in Polen, in Oberschlesien in einer kleinen Stadt geboren, wo sie ihre Kindheit in ul. Mickiewicza bis zu ihrem elften Lebensjahr verbrachte, und wuchs dort auf.

Wir wohnten in einem Wohnhaus. Sehr solide und robust von den Deutschen erbaut, das einen Innenhof hatte. Neben unserem Wohnhaus war gleich eine Schule und hinter dem Innenhof eine Außenanlage mit Sportplätzen der Schule. In dem Innenhof waren zusätzliche Außenkeller, mit Fenstern und lichtdurchflutet für die Bewohner des Objektes. Beziehungsweise waren das die Keller. Kann mich nicht erinnern, dass im Haus direkt Keller waren.

Einer davon gehörte uns. Mein Papa hatte ihn tiergerecht umgebaut, mit Stroh ausgelegt und dort zwei Ferkel aufgezogen. Neben der üblichen Nahrung – hauptsächlich Getreide, denke ich – hatte Helmut, der eine Nachteule war, für die Ferkel nachts oft zwei Riesentöpfe Kartoffeln gekocht. Wenn ich dann wach wurde, was oft vorkam, weil ich zur Toilette musste, durfte ich immer eine warme Kartoffel mit Margarine und Salz essen. Er hatte mir nichts abgeschlagen, und das, obwohl ich als Kind schon pummelig war und dieses nächtliche Essen sicher nicht gut für mich war. Aber nun, es war nur herzlich und gut gemeint und ich wollte es ja schließlich auch immer. Da die Einkommensverhältnisse meiner Eltern niedrig waren, die Lebenshaltungskosten dagegen aber sehr hoch, und wir schließlich bis zur Geburt meines jüngsten Bruders schon eine fünfköpfige Familie waren, hatten die Menschen damals sehr viel improvisiert und von Selbsterzeugnissen gelebt. Aber auch von alledem, was die Natur und Wälder hergaben. Wir waren als Kinder regelmäßig im Wald. Pflückten Heidelbeeren und sammelten im Herbst Pilze. All das Gesammelte verarbeitete unsere Mutter in der Küche. Im Sommer gab es dann Kompott aus Heidelbeeren oder süße Pierogi (eine von den polnischen Nationalspeisen) und natürlich auch Kuchen, Gugelhupf oder Blechkuchen. Im Herbst wurden dann die selbst gesammelten Pilze in jeglicher Form verarbeitet – als Suppe, mit Ei, in der Soße und die ganz kleinen Köpfe der Pilze wurden mariniert und eingekocht. Die Ausflüge in den Wald, das Sammeln und Pflücken fand ich als Aktivität immer ganz toll. Man war an der frischen Luft, konnte Blödsinn machen und lernte dabei auch noch etwas fürs Leben. Die Pilze, die wir sammelten, aßen wir auch. Da gab es keinen, der diese vorher auf Giftigkeit überprüfte. Entweder man kannte sich aus oder nicht. Mein Vater tat es, und wenn er sich unsicher war, dann wurde der Pilz im Wald gelassen. Meine Mutter hatte nur eine Methode beim Kochen, nämlich die Zwiebel, die anzeigte, wenn ein giftiger Pilz dazwischen war. Sie schmiss, ziemlich zum Schluss des Kochvorgangs eine Zwiebel in die Pilzmenge rein. Verfärbte sich diese lila, dann war in der ein giftiger Pilz und alles landet im Klo. Bitte nicht nachmachen! Denn ich übernehme keine Garantie für diese alte Vorgehensweise der Überprüfung. Heidelbeeren sammelte ich nicht so gern, weil das eine ziemlich mühsame Angelegenheit war. Bis sich da mal ein Gefäß füllte, musste man viele pflücken. Mit den blauen Lippen vom Heidelbeeressen sah man tagelang aus wie Dracula und die verarbeiteten Sachen daraus hingen mir irgendwann zum Hals raus. Außer die süßen Varianten natürlich. Heidelbeeren, abgesehen davon, dass diese heute aus dem Treibhaus kommen und mir absolut nicht schmecken, und Pilze gehören heute einfach nicht mehr zu meinen Lieblingslebensmitteln, weil sie elf Jahre lang fester Bestandteil unserer Nahrungsmittel waren.

Wenn die Ferkel dann groß genug waren und eine Feier, z. B. Kommunion anstand, dann wurden sie geschlachtet. Beziehungsweise eine bestimmte Zeit davor, da die Erzeugnisse wie Wurst und Co. geräuchert werden mussten. Ein Cousin meiner Mutter war Metzger; er zerlegte das Tier und produzierte für uns die ganzen Sachen wie Leberwurst, Blutwurst, Kaszanka (polnische Spezialität), Wurst und Schinken. Dafür sind wir dann alle zu unseren Großeltern gefahren, die außerhalb der Stadt in einem Dorf wohnten, welches etwa dreißig Kilometer von uns entfernt war. Sie hatten dort einen Bauernhof. Den Rest verarbeitete dann meine Mutter mit meiner Oma. Für den Winter wurde Fleisch in Gläsern eingekocht und die Schwarte wurde zum Schmalz ausgelassen. Da ging ein ganzer Samstag drauf, sogar bis spät in die Nacht, bis alles fertig und versorgt war. Stellt euch bitte diese Ausflüge zu Oma und Opa wie einen Wocheneinkauf vor. Wir waren in der Regel leer dahingefahren, manchmal mit leeren Einmachgläsern, die wir zurückbringen sollten, und sind mit vollem Kofferraum zurückgekehrt. Nach so einem Schlachtevent mit den ganzen Sachen, die erzeugt wurden, sonst mit frischem Gemüse, Kartoffeln, Getreide, Ente oder Gans, Eiern, Kräutern, im Sommer mit diversen Beeren wie Johannesbeeren, Brombeeren und Stachelbeeren. Alles bio und vom Bauernhof. Während die Erwachsenen arbeiteten, sprachen und Kaffee tranken, tobten wir Kinder mit anderen Kindern aus der Nachbarschaft auf dem Hof, in der Scheune und auf den Feldern. Ich weiß noch ganz genau, hinter der Scheune am Feldrand wuchsen Mohnblumen, die waren so fein und zerbrechlich in ihrer Struktur und wehten immer so schön mit dem Wind in eine Richtung. Wenn zum Spätsommer hin die Blüte vertrocknete, bildete sich am Stängel eine Art kleiner Kelch, in dem die Mohnsamen waren. Das musste richtig trocken und vertrocknet sein, sonst schmeckten die Samen nicht und waren sehr bitter. Ich liebte diese Mohnsamen und hatte mir mehrere gleichzeitig davon einverleibt. Mein kleiner Kinderkörper wusste nicht wohin mit der ganzen Energie. Er tanzte, sprang und tobte, ich war einfach nicht kaputt zu kriegen. Natürlich sagte uns Oma immer, wir sollten nicht zu viele davon essen, aber mich/uns hatte es nicht wirklich interessiert. Heutzutage würden die Eltern wahrscheinlich wegen unbeaufsichtigten Konsums von Mohn bei Kleinkindern, welches ja als pflanzliche Droge gilt, verklagt werden, wenn es jemand mitbekommen würde. Ich spreche hier von meiner Erinnerung als Fünf- oder Sechsjährige. Damals interessierte es Gott sein Dank keinen und wir haben alle überlebt, sind nicht süchtig und es sind vernünftige Menschen aus uns geworden. An den Tagen bei Oma und Opa gab es natürlich auch immer etwas Selbstgemachtes, Leckeres zum Essen. Als Vorspeise meistens eine Suppe, dann Klöße mit Fleisch und Gemüse, Salat oder einer Kohlart. Dessert war nicht so typisch, weil es meistens ein wenig später noch Kaffee und Kuchen gab. Wenn doch, dann gab es Pudding aus frischer, vollfetter Kuhmilch vom Hof. Oder Opa teilte mit uns Schokolade, Gummibärchen oder sonstige Süßigkeiten, die er damals schon von seiner Schwester aus Deutschland geschickt bekam. Er war eine total liebevolle Person, aber geizig, das könnt ihr euch nicht vorstellen. Opa war auch nicht der leibliche Vater unserer Mutter und hatte auch keine eigenen Kinder. Da wir nichts anderes kannten, war er halt der Opa, den wir auch über alles liebten, obwohl er in seiner Art als Mensch sehr seltsam war. Mit meinem heutigen Wissensstand würde ich sein merkwürdiges Verhalten als »Schizophrenie« bezeichnen. Er war sehr musikalisch, konnte Trompete, Saxofon und Akkordeon spielen. Sprach gut Deutsch und wenn er wollte, dass wir Kinder etwas nicht verstehen, dann sprach er zu Oma auf Deutsch.

Die Eltern meines Papas lernten wir nie kennen. Der Vater war im Krieg gefallen und die Mutter ist relativ früh an einer unheilbaren Krankheit verstorben, sodass unsere Familie relativ klein und überschaubar war.

Wenn ich manchmal an die Zeit zurückdenke, dann tut es mir in der Seele um das schwere Leben meiner Großeltern weh. Wir klagen heute über so viele Sachen und den schnellen und transparenten Lebenswandel, dabei leben wir frei, ohne Vorschriften, ohne Krieg, zumindest in Europa, und können unsere Grundbedürfnisse mit einem Einkommen abdecken. Meine Großeltern hatten beide über das Rentenalter hinaus den Bauernhof weitergeführt, um über die Runden zu kommen. Denn die kleinen Renten haben nicht wirklich zum Überleben gereicht, geschweige denn für Freizeit oder Urlaub. Außer den Vertreibungen und Wanderungen im Krieg, von denen uns beide immer mitsamt ihrer Erlebnisse erzählten, hatten beide außer dem Dorf, in dem sie lebten, meine Heimatstadt sowie einem Besuch später bei uns in Deutschland nichts anderes im Leben gesehen. Bis zu zwölf Stunden täglicher, schwerer körperlicher Arbeit bei Wind und Wetter mit den wenigen manuellen Hilfsmittel, die zur Verfügung standen. Die Felder bestellte Opa mit einem Pferd und dafür vorgesehener Vorrichtung, welche vom Pferd gezogen wurde.

Zurück in der Stadt angekommen, war die Schule gleich hinter dem Haus. Isaura ging sehr gern in die Schule und war eine gute Schülerin – schon eine kleine Streberin. Sie konnte es kaum abwarten, eingeschult zu werden, und trug den Schulranzen der älteren Geschwister immer zu Hause und saß bei den Hausaufgaben daneben und nervte fleißig, weil sie immer alles wissen wollte. Das ist sie bis heute, neugierig und wissbegierig. Es war kein Geld da, um den Kindern etwas Besonderes zu bieten, geschweige denn sie zu fördern. Die Kindheit verbrachte Isaura auf dem Schulhof, meist mit ihrer älteren Schwester und Freundinnen aus der Klasse bzw. Schule. Sie spielten Seilspringen, Fangen oder pflückten Gänseblümchen und flochten Stirnkränze. Malten mit Kreide auf dem Asphalt oder fuhren mit dem Fahrrad herum, welches man sich meistens zu zweit oder zu dritt teilte. Die Jungs spielten Verstecken oder Fußball oder nervten uns Mädchen nur. Das waren unsere Aktivitäten als Kinder, es gab keine PlayStation, keine Handys, keine Computerspiele und Überflutung mit Informationen aus dem Netz.

Ausflüge machte man als Familie selten und wenn, dann waren das Besuche bei Familie oder Bekannten. In der Stadt, wo ich geboren war, wohnten nur die Tanten meiner Mutter und deren Kinder – also ihre Cousinen – mit ihren Kindern. Die Schwester meines Vaters, Tante Anja mit Mann und Kindern, also Verwandtschaft ersten Grades, wohnte etwa fünfzig Kilometer von uns entfernt. Wir sahen uns nicht so oft, einfach auch, weil das Verhältnis der beiden Familien nicht so dicke zueinander war, und wenn, dann waren es Feste wie Taufe oder Kommunion. Meine Eltern, beziehungsweise mein Vater hatte aber viele Bekannte, mit denen sie sich regelmäßig trafen oder einander gegenseitig besuchten. Das waren unter anderem die Ausflüge, die wir als Familie unternahmen.

Die 80er waren aus meiner Sicht eine Zeit für sich. Damals rauchten alle noch in den Wohnungen/Häusern und wir Kinder mittendrin. Bei zwei Zimmern, Küche,

Diele und Bad hatte man nicht wirklich einen Rückzugsort. Alkohol und Rauchen waren hip und eine Art Luxusgüter, die sich die Gesellschaft gern gönnte. Die Treffen unter Bekannten, Freunden waren die einzigen, die meine Eltern hatten, und das waren lange Abende, an denen viel gegessen, geraucht, getrunken und gelacht wurde. Ich kann mich einfach an keine Abende erinnern, wo ein Kindermädchen oder jemand zum Aufpassen kam, weil meine Eltern ausgegangen waren. Zum einen gab es in der Stadt, in der wir lebten, nicht so viele Möglichkeiten; keine Bars, Lokale, in denen etwas geboten wurde, und zum anderem war es finanziell einfach nicht möglich.

Maciej Knapa

Kapitel 2

An einem Samstag im August 1985 war so ein Tag, wo die Familie ohne den Ältesten gute Bekannte der Eltern in der Nähe von Oppeln besuchte. Ein Abend, der alles in Isauras Leben veränderte. Der Weg dorthin war für mich schon der Horror. Es ging im Nebel (im August) auf einer Landstraße durch Wälder und die Strecke zog sich wie Kaugummi hin. Am Ziel angekommen wurden wir freundlich empfangen. Die Gastgeber und meine Eltern, beziehungsweise mein Papa, prosteten nach dem Essen ordentlich, quatschten und lachten. Uns Kindern war es eher langweilig, da es dort im Haushalt keine kleinen Kinder gab. Wir schauten fern und warteten, bis wir wieder nach Hause fahren konnten. Ich quengelte immer wieder und zog an Papas Arm, weil ich nach Hause wollte, wurde aber immer wieder vertröstet und musste warten. Irgendwann dann endlich nach Mitternacht machten wir uns auf dem Heimweg.

Ein Heimweg, den ich bis heute noch vor meinen Augen habe. Wieder dieser düstere Weg durch den Wald, der Nebel so dicht, dass wir nicht wirklich schnell fuhren. Ich hatte aber trotzdem eine panische Angst, weil ich die Situation als so mysteriös empfand. Kälte und Nieselregen waren in meiner Erinnerung und dann bat mein Papa meine Mama noch, anzuhalten, weil er pinkeln musste. Sie wollte aufgrund der schlechten Bedingungen nicht. Er drängelte jedoch und sie hielt schließlich an. Da ging er hin, beziehungsweise torkelte betrunken in den Wald und wir warteten am Straßenrand. Die Zeit verging. Als er nach zehn Minuten nicht wieder da war, stieg meine Mutter aus dem Wagen und rief nach ihm. Ganz laut, mehrmals. Wir hatten trotz der Kälte das Fenster einen Schlitz weit auf, weil sonst alles beschlagen wäre. Sie lief die Straße rauf und runter und ging auch an manchen Stellen in den Wald rein. Von meinem Papa war jedoch weit und breit nichts zu sehen und zu hören. Mein jüngster Bruder, der damals gerade sieben Monate alt war, schrie, quengelte, hatte Hunger und war nicht still zu kriegen. Im Auto wurde es immer kälter und meine Schwester und ich froren. Ich hatte panische Angst wegen der düsteren Nacht und um meinen Papa. Wir waren um diese Uhrzeit auf der Strecke mutterseelenallein, und um uns herum nur der Nebel, Nieselregen und Geräusche, die aus dem Wald kamen. Minuten um Minuten vergingen. Ich fing an zu beten, aber mein Papa kam einfach nicht zurück. Nicht nur der kleine Bruder, der die Situation gar nicht verstehen konnte, weinte, sondern auch ich. Dramen spielten sich auf diesen kleinen Quadratmetern ab. Wenn man bei einer Syrenka – das war das Auto, das wir besaßen – überhaupt von Quadratmetern sprechen konnte.

Irgendwann dann, nach einer halben oder Dreiviertelstunde gab meine Mutter das Suchen und Schreien auf, stieg ins Auto, versuchte, uns alle zu beruhigen, und wir fuhren nach Hause.

Ab jener Nacht, in der ich acht Jahre alt war, habe ich einen Filmriss und kann mich nur bruchweise an die nächsten Tage und Jahre erinnern. Wir waren ganz sicher alle durchgefroren und mussten schnell eingeschlafen sein. Als wir am nächsten Tag, dem Sonntag, aufwachten, war unser Papa immer noch nicht zu Hause. Es gab sicher Frühstück und dann rief meine Mutter als Erstes die Bekannten an, bei denen wir gewesen waren, um nachzufragen, ob mein Papa eventuell dorthin zurückgekehrt war. Sie konnte anrufen, weil wir einen Festnetzanschluss und das Privileg hatten, dass unsere Mutter bei der Post arbeitete. Das war zu dieser Zeit nicht selbstverständlich, nur auf Antrag möglich und mit einer langen Wartezeit verbunden. Als es am anderen Ende mit Entsetzen hieß NEIN, fuhr sie zur Polizei und machte eine Vermisstenanzeige. Ich weiß es nicht, ob wir mit waren, oder ob wir zu Hause blieben. Ich glaube eher nicht. Ich glaube, ich saß weinend am Fenster und wartete.

Ich glaube, es war zwei Tage später, nachdem von unserem Papa immer noch jede Spur fehlte und er nicht nach Hause angekommen war, als die Polizei bei uns vor der Tür stand, meine Mutter an die Tür verlangte und ihr mitteilte, dass es an der beschriebenen Stelle in den Morgenstunden einen Unfall gab und mein Papa dabei ums Leben gekommen war. Wir standen natürlich alle um unsere Mutter herum, der Kleine auf dem Arm meiner Schwester, und fingen alle an zu weinen und zu schreien. Ich brach zusammen und weiß ab diesem Augenblick nichts mehr, außer noch, dass es logischerweise eine Beerdigung gab.

Mein Gedächtnis war wie ausradiert, mein Körper wurde über die ganzen Jahre dazwischen getragen. Im

Geiste jedoch war ich total leer und abwesend. Wie in Trance vernahm ich, dass Leute gekommen und gegangen waren, alle wissen wollten, was und wie es passiert war, und meine Mutter tausendmal dasselbe erzählte. Sie erzählte auch, dass, nachdem sie die Suche aufgegeben hatte und mit uns nach Hause gefahren war, sie davon ausgegangen war, dass er nächsten Morgen wieder zu Hause sei. Es sei schließlich nicht das erst Mal vorgekommen, dass sich die Wege nach einer Party trennten und mein Papa später allein den Weg nach Hause fand. Um es deutlich zu sagen, meine Mutter war es gewohnt, dass mein Papa noch woanders einkehrte und später kam.

Der Tag der Beerdigung musste für mich ganz schrecklich gewesen sein. Aus Erzählungen weiß ich, dass ich so geschrien und geweint habe, dass mich die Verwandtschaft festhalten musste, weil ich, als der Sarg reingelassen wurde, reinspringen wollte. Der Körper meines Vaters war bei dem Unfall so demoliert und in einzelne Stücke zerrissen worden, dass er zusammengeflickt werden musste und ich als Kleinkind keinen Abschied am Sarg nehmen durfte. Der Anblick muss wohl sehr schrecklich gewesen sein und man hatte es unserer Mutter abgeraten. Es gab keinen Abschied, keine psychologische Betreuung, keinen Trost, keine Antworten auf alles, was in dieser Nacht passiert war, absolut nichts. Der Mensch, mein geliebter Vater, den ich über alles geliebt und geschätzt hatte, war über Nacht aus meinem Leben rausgerissen und ausradiert worden. Helmut verstarb mit 43 Jahren und hinterließ vier Waisen und eine Witwe.

Aus dem handschriftlichen Polizeibericht kann ich heute entnehmen, wie es sich wohl zugetragen haben muss. Der Unfallverursacher beschreibt, dass mein Vater mit ausgestreckten Händen plötzlich wie aus dem Nichts in der nebeligen Nacht im August 1985 vor seinem Fahrzeug stand. Er habe versucht zu bremsen und auszuweichen, beides hatte nur leider nichts gebracht. Es gab einen großen und lauten Aufprall und als die Polizei und der Krankenwagen eintrafen, konnte nur noch der Tod festgestellt werden. Bis zu diesem Zeitpunkt, im Hier und Jetzt, habe ich dieses Geschehen über Jahre einfach verdrängt und mich nie gefragt, wie es wohl diesem Mann sein ganzes Leben lang gegangen sein muss. Heute denke ich darüber nach, wie schrecklich es wohl gewesen sein muss, diesen Unfall und dieses Bild ständig vor Augen zu haben. Obwohl er freigesprochen wurde und an dieser schrecklichen Situation in jener Nacht nichts anderes machen konnte, hatte ihn dieses Ereignis bestimmt ganz lange verfolgt und für das Leben geprägt. Ich habe den Namen und weiß, dass es ein Deutscher war, der in Polen Urlaub machen wollte. Grade kommt mir in den Sinn, dass wir mal einen Brief mit Bild von einem Ehepaar aus Deutschland erhalten hatten. Das Bild habe ich hier noch irgendwo in den ganzen Unterlagen. Aber um was und worum es in diesem Brief ging und ob es dieses Ehepaar war, das auf dem Weg in den Urlaub dieses schreckliche Erlebnis hatte, weiß ich wirklich nicht mehr.

Nach diesem Vorfall und der Beerdigung ging das Leben einfach weiter, als wenn absolut nichts passiert wäre … glaube ich zumindest, kann mich an nur ganz wenig erinnern. Für mich heute weiß ich nur, dass ich jene Nacht und den Ausflug zu diesen Leuten verflucht habe. Es kommt noch heute so ein Groll in mir hoch, dass wir da überhaupt hingefahren sind. Für was und warum musste das alles passieren? Was musste ich als ein kleines achtjähriges Kind – Mädchen – daraus lernen? War es nicht ein wenig zu früh, um im Stich gelassen zu werden …?

Auf alten Bildern sehe ich und weiß ich, dass ich mit zehn Jahren meine Kommunion hatte. Dass das im katholischen Glauben eine Muss-Veranstaltung war, die mir aufgrund der Situation nicht wirklich etwas bedeutete. Mein geliebter Papa war nicht da, mein Patenonkel auch nicht, da er schon damals weit weg wohnte. Das, was ich noch weiß, ist, dass es so eine Art »Einmalzahlung« von irgendeiner Rentenkasse gab und meine Mutter dieses Geld in Wohnungseinrichtung investierte. Ganz toll, wir hatten neue Küchenmöbel in Rosa, im Wohnzimmer ein neues Sofa und in dem Zimmer, wo wir als Kinder schliefen, hohe, helle Hochglanz-Möbel. Das alles als Eintausch für Geborgenheit und Liebe eines Vaters. Meine Mutter hatte nie mit mir bzw. uns darüber gesprochen, wie sie die ganze Situation empfunden und erlebt hatte. Ich frage mich heute, hat sie sich ihr Leben lang Vorwürfe gemacht, dass sie ihn damals aus dem Auto hatte gehen lassen und alles so gekommen war, wie es gekommen war? Sicher war es für sie nicht einfach, aber sie hat nie darüber gesprochen, war stark und war immer für uns da. Danke, Mama.

Anna Łuczyńska

Kapitel 3

Die nächsten Jahre vergingen und glaubt mir bitte, ich weiß nichts, weil ich im Geiste völlig abwesend war. Eine klitzekleine Erinnerung habe ich wieder nur daran, als wohl die gute Nachricht kam, dass wir nach Deutschland ausreisen durften. Meine Mutter hatte vor Freude Luftsprünge gemacht. Sie war so glücklich, dass es nach wohl mehreren Versuchen endlich mit der Bewilligung nach Deutschland auszureisen geklappt hatte. Zu Zeiten, als mein Vater noch lebte, hatten sie es als Familie versucht; alle Anträge wurden jedoch vor 1988 abgelehnt. Meine Mutter, eine ausdauernde und starke Frau, hatte alles allein erledigt. Vier Kinder, ein Vollzeitjob, Haushalt und Organisation der Ausreise. Eines Tages wurden Holzkisten aus Europaletten angeliefert, wo unsere privaten und persönlichen Sachen vorab nach Deutschland verschifft wurden. Keine Ahnung, wann die Zusage gekommen war, und wie viele Monate dazwischen lagen, bis wir die Ausreise tatsächlich unternahmen. Erst hier wieder, im November 1988, leben meine Erinnerungen langsam wieder auf.

Maciej Knapa

Es war der Zeitpunkt, als wir im Zug standen und die vor uns weite Reise nach Deutschland aufnahmen. Mein Gedächtnis setzt erst an der Stelle wieder vollständig ein, wo ich in einem völlig überfüllten Zug ab Berlin-Ost zwischen zwei Waggons stehe und fürchterliche Angst habe, dass sich diese lösen und mich zerreißen. Könnt ihr euch das vorstellen, wie es sich angefühlt hat, mit dem einem Bein im Waggon A und mit dem anderem im Waggon B zu stehen? Ich zitterte und weinte ganz leise. Mein Körper war so enorm gestresst, dass auch noch in dieser für mich fürchterlichen Situation meine erste Blutung einsetzte. Ich war zu dem Zeitpunkt elf Jahre alt; eine Aufklärung gab es natürlich vorher nicht und dann war es halt eben so. Hier hast du, mache es so und so – und damit war das Thema durch. Die Reise dauerte lange mit dem Zug, fast zwei Tage, glaube ich, und unser Ziel war das Lager (Spätaussiedlerlager) in Friedland.

Plötzlich waren wir da. Ich weiß vor Übermüdung nicht mehr, wie wir vom Bahnhof zu der Adresse gekommen waren. Wahrscheinlich wurde es vor Ort organisiert. Da bekamen wir als Familie ein Zimmer zugeteilt und waren unter vielen Gleichgesinnten. Für uns Kinder war es wie Urlaub: Wir rannten herum, lernten neue Kinder kennen, spielten auf dem Hof und waren in dem Moment sorgenfrei. Keine Schule, keine Hausaufgaben – das hatte uns, glaube ich, allen sehr gut gefallen. Unsere Mutter durchlief ohne Sprachkenntnisse, aber sicher mit Dolmetschern vor Ort diesen ganzen administrativen Prozess in diesem ersten Aufnahmelager. Alle Dokumente, Herkunftsnachweis, den Nachweis darüber, dass man deutsche Vorfahren hatte, die Einladung und Angabe der Person, die uns nach Deutschland eingeladen hatte und so weiter.

Gleich am ersten Wochenende kam der Mann, Onkel Peter, den ich bis dato so nenne, mit seiner Frau und einer der drei Töchter zur Besuch nach Friedland. Ich war eins oder zwei, als sie ausgewandert waren, und da sie in der ersten Zeit nicht nach Polen gekommen waren, hatte ich überhaupt keine Erinnerung an ihn. Onkel Peter war mein Patenonkel und nur ein sehr guter Freund meines Vaters. Sie waren als Kriegskinder zusammen aufgewachsen, von der Oma meines Onkels aufgezogen worden und waren, soweit ich von Erzählungen weiß, zusammen im Militär gewesen. Wir waren somit überhaupt nicht blutsverwandt, trotzdem hat uns Onkel Peter diese Ausreise aus Polen ermöglicht und begleitet uns in allen kritischen Situationen bis heute noch. Ich kann euch gar nicht sagen, welche tiefe Dankbarkeit ich bis heute dafür aufbringe. Onkel Peter und seine Frau Krista sind für mich wie Ersatzeltern. Das, was sie für mich und meine Familie getan haben, ist nicht selbstverständlich. Ich denke und bin davon überzeugt, dass mir mein Patenonkel bei der Taufe viele seiner guten Eigenschaften übertragen hat. Ich ticke in vieler Hinsicht heute genauso wie er.

Da er mit seiner Familie diesen Prozess schon ein paar Jahre vorher durchlaufen hatte, konnte er meiner Mutter ganz viele brauchbare Tipps für die weitere Abwicklung geben. Ich meine, dass es nach zwei Wochen in ein weiteres Auffanglager nach Unna-Massen (bei Dortmund/NRW) ging. Ich weiß nicht mehr, wie lange wir dort verweilten, glaube aber, auch so um die zwei Wochen. Dort ging es darum zu prüfen und zu entscheiden, ob wir aufgrund der deutschen Vorfahren das dauerhafte Bleiberecht für Deutschland erhielten. Den Status der »Spätaussiedler«, was die automatische Einbürgerung und die deutsche Staatsangehörigkeit bedeutete. Die Dokumente wurden für gut befunden, und wir durften offiziell in Deutschland bleiben. Alles andere, was dann noch folgte, war reine Formsache und musste bei der Einwohnermeldebehörde der zugewiesenen Gemeinde erledigt werden. In der Regel wurden die Spätaussiedler dorthin vermitteln, wo sie Familien, Freunde oder Bekannte hatten, um die Integration schneller voranzutreiben. Auch in unserem Fall war es so. Wir waren in eine Stadt am Niederrhein in der Nähe von Onkel Peter, verlegt worden. Das heißt, die ersten Wochen, bis meine Mutter mit Onkel Peter eine für uns geeignete Wohnung fand, hatten er und seine Familie uns an der Backe. Es war ganz sicher für alle eine nicht gerade leichte Situation. Die Kinder (drei Mädels) meines Onkels mussten für uns Platz im Haus machen und zusammenrücken. Ich meine, wer macht das schon gern? Plötzlich waren fremde Menschen da und man musste sich arrangieren. Ich glaube und kann mir gut vorstellen, dass alle erleichtert waren, als wir in unsere eigene Wohnung umziehen konnten. Schließlich waren plötzlich fünf Personen mehr da. Scheint irgendwie alles gut gegangen zu sein, denn wir haben uns noch heute alle lieb. Wie sagt der Pole: »Co złego to nie my.«

Die Zeit mit der Familie und bei der Familie meines Onkels war toll. Es wurde viel erzählt und wir erkundeten die Umgebung. Es war vor Weihnachten 1989, als wir bei meinem Onkel wohnten. Wir Mädchen hatten ein Zimmer meiner Cousine im Keller bewohnt und ganz viele von den Keksen, die meine Tante schon weit im Voraus für Weihnachten gebacken hatte, genascht … Sie hatte es bestimmt gesehen, jedoch nichts gesagt und auch nicht mit uns geschimpft. Ich weiß nicht mehr, ob es Silvester oder Anfang Januar war, als wir in die neue Wohnung umziehen konnten. Drei Zimmer, Küche, Diele, Bad waren unser neues Zuhause in einer schönen, kleinen Stadt am Niederrhein. Meine Schwester und ich teilten uns das kleine Zimmer, meine Brüder das zweite und unsere Mutter schlief im Wohnzimmer. Die Wohnung wurde mit Möbeln von überallher eingerichtet; einen Teil gab es gebraucht von der Stadt, für unser Zimmer bekamen wir von unserem Onkel bzw. einer Cousine Jungendmöbel mit integriertem Schreibtisch. Das war der Wahnsinn, ich hatte zum ersten Mal einen Schreibtisch in meinem Leben! Den Rest der Möbel hatte man sich vom Sperrmüll zusammengestellt. Wir hatten es relativ schnell gemütlich und fühlten uns in Deutschland und in der neuen Wohnung sehr wohl. Die Holzkisten mit unseren privaten Sachen waren dann auch irgendwann mal angekommen.

Gleich im Januar 1989 wurde ich in die 5. Klasse eingeschult. Ohne ein Wort Deutsch saß ich da und verstand nur Bahnhof. Manche Klassenkameraden empfingen mich nett, andere sahen mich wiederum nur doof an. Für alle war das eine ganz neue Situation und ich war an dieser Schule das erste Kind aus dem Ostblock. Später kamen auch noch andere Familien aus Polen, Russland und Kurdistan in diese Kleinstadt, sodass ziemlich schnell eine Förderklasse eingerichtet wurde, was hieß, dass, wenn meine Klasse Deutsch- und Englischunterricht hatte, wir von Beginn an Deutsch lernten. Ohne hier angeben zu wollen, aber ich lernte diese Sprache rasant. Innerhalb eines halben Jahres konnte ich sie. Es kam natürlich nicht nur von der Schule. Sondern ich schloss relativ schnell Freundschaften mit Mitschülern, mit denen ich nach der Schule sehr viel Zeit verbrachte.

Das förderte die Sprachentwicklung enorm. Das Einzige, was zu dem Zeitpunkt geblieben war, war das rollende »R« und dafür wurde ich auf dem Schulhof von Klassenkameraden aus anderen Klassen derselben Stufe gemobbt.

Die waren so gemein zu mir – wisst ihr, was die gesagt und gerufen haben? »Der polnische Panzer rollt wieder.« Polnische, weil ich aus Polen kam, Panzer, weil ich als Teenager nicht die schmalste und zierlichste war, rollt wieder, damit war das oben erwähnte rollende »R« beim Sprechen gemeint.

Ich war im Teenageralter nicht besonders auffällig. Ich war schon als Kind immer ein wenig pummelig. Als ich zur Kommunion ging, wurde für mich ein Kleid genäht, weil ich ein wenig zu viel auf den Rippen hatte und nicht in die Standard-Kommunionskleider reinpasste. Könnt ihr euch vorstellen, was diese Masse an zugänglichen Lebensmitteln, Süßigkeiten, süßen Getränken mit mir und meinem Körper gemacht hat? In Polen musste ich manchmal auch als Kind in einer Schlange stehen, um ein paar Bananen zu ergattern. Für Fleisch und Wurst war das auch selbstverständlich, und wenn man eine Winterjacke haben wollte, musste man erst einmal Beziehungen haben, um zu erfahren, wann was geliefert wurde, und dann musste man relativ früh los, um einer der Ersten in der Schlange zu sein. In Deutschland hingegen ging man in einen Supermarkt und packte alles in einen Korb; kein Stress, keine Schlange, höchstens an der Kasse. Das war alles so neu für uns. Natürlich haben wir alles an neuen Lebensmitteln probiert und der Schrank mit den Süßigkeiten war immer bis oben hin gefüllt. Für Kleidung hingegen war nicht so viel Geld da. Die meiste Kleidung bekamen wir geschenkt oder aus der Altkleidersammlung. Ich kann mich noch ganz genau erinnern. Ich weiß nicht, woher ich diesen Pullover hatte – der war so hässlich, grün mit schwarzem Muster. Aber er war warm, und eine große Auswahl – wenn überhaupt – gab es nicht. So fiel man auf dem Schulhof natürlich auch auf. Meine Mitschüler hatten schöne, neue, moderne Klamotten und ich kam mit einem grünen Wollpullover um die Ecke. Aber so war es halt.

Um an dieser Situation relativ schnell etwas zu verändern, hatte ich schon mit 14 Jahren einen Ferienjob. In einer Gärtnerei. Zuerst immer in den Ferien. Ich war jeden Morgen mit dem Fahrrad über acht Kilometer dorthin geradelt. Bei Wind und Wetter, um mir das Taschengeld zu verdienen. Das Geld, was ich verdiente, ging meistens für neue Klamotten und Schuhe drauf. Nach und nach wurde es immer mehr und ich arbeitete auch nach der Schule sowie immer samstags. Jeder von uns, außer mein kleiner Bruder, machte etwas. Ich war halt beim Gärtner und steckte Efeu, pflanzte Fuchsien, pikierte Geranien und pflanzte ganz viele Jahre später Orchideen. Ich hatte bei dieser Gärtnerfamilie, die übrigens ganz toll war und meine Arbeit sehr schätzte, ganz lange diesen Nebenjob. Ich hatte nette Kollegen und Vorgesetze, die mir relativ schnell Verantwortung übertrugen, und wenn sie samstags nicht da waren, war ich für die Aushilfen und die ganze Abwicklung zuständig. Ich darf gar nicht wirklich schreiben, wie lange die Abende beim

Gärtner manchmal aufgrund von »Hochsaison« waren, und am nächsten Morgen wartete die Schule wieder auf mich. Mitte/Ende der Neunziger kamen regelmäßig für drei Monate Gastarbeiter aus Polen zum Gärtner, sodass ich neben dem Aushilfsjob auch noch der Dolmetscher für alle war. Es bereitete mir aber immer viel Freude und ich schloss Freundschaften, die teilweise bis heute andauern. Auch wenn diese nur via Facebook und sehr sporadisch sind.

Apropos Schule. Ich besuchte in Deutschland die Hauptschule und war aufgrund der ganzen Umstände eine gute bis mittelmäßige Schülerin. In Mathe besuchte ich den E-Kurs. Der E-Kurs war eine Art Leistungskurs. Einer von den E-Kursen – in Mathe oder Englisch – war wichtig, um in der zehnten Klasse den Realschulabschluss (10B) machen zu können. Diesen hatte ich dann 1994 nach einem normalen Verlauf und ohne sitzen zu bleiben in der Tasche.

Einen Tag aus meiner Schulzeit habe ich in besonders tiefer Erinnerung. Der ist bis heute in meinem Gedächtnis wie eingebrannt. Es muss in der siebten oder achten Klasse gewesen sein, dass es vorgekommen ist, dass ich zur Schule gegangen bin, ohne die Hausaufgaben gemacht zu haben. Ich war wohl an jenem Tag beim Gärtner, kehrte zurück und wollte mit den Hausaufgaben beginnen, als es hieß: Notruf rufen, weil es unserer Mutter nicht gut ging. Sie kam von ihrer Putzstelle nach Hause und klagte über Schmerzen und Luftarmut. Bis der Notarzt kam, sie untersuchte und ins Krankenhaus einwies, vergingen Stunden. Es war Mitternacht, als ich im Bett lag und immer noch keine Hausaufgaben gemacht hatte. Ich hätte mich nächsten Morgen für die Schule krankmelden können, aber das hatte ich natürlich nicht getan, bin trotzdem hin, aber ohne Hausaufgaben. Der Lehrer, unser Klassenlehrer, eigentlich ein ganz netter und ausgeglichener Mann, tat seine Pflicht, hakte die Anwesenheitsliste ab und fragte dabei nach, wer die Hausaufgaben nicht hatte. Ich meldete mich natürlich pflichtbewusst und dachte mir nichts dabei, als er aufsprang, mich voll anschnauzte und mir vor versammelter Klasse einen Vortrag hielt. Ich weiß nur noch, dass ich in Tränen ausbrach. Ich war aufgrund der Situation zu Hause und des schlechten Zustands meiner Mutter schon total angeschlagen und überfordert und dann noch das. Ich verstand echt die Welt nicht mehr. Es war ja nicht so, dass ich täglich ohne Hausaufgaben zur Schule gegangen war. Als er merkte, wie sensibel ich darauf reagierte, womit er wohl nicht gerechnet hatte, weil er mich sonst immer nur als eine taffe und schlagfertige Schülerin kannte, nahm er sich relativ schnell zurück und fragte, was denn los sei. Ich wollte nicht vor der ganzen Klasse darüber reden, so sprach er mich noch einmal in der Pause an. Als er hörte, was passiert war, entschuldigte er sich natürlich. Bei mir saß der Schock aber noch ein paar Tage ganz schön tief. Ich kann euch gar nicht beschreiben, wie ausgetickt er ist. Er war so schnell auf 180, dass seine Mundwinkel voller Schaum waren. Ich glaube, es lag daran, weil an dem Tag sich viele Schüler ohne Hausaufgaben gemeldet hatten und dann auch noch ich, als eine der Musterschülerinnen aus seiner Klasse. Das hatte ihm wohl den Rest gegeben. Ich hoffe, dass es diesem Lehrer in seiner weiteren beruflichen Laufbahn nicht noch einmal passiert ist. Viele Grüße an dieser Stelle, wenn Sie es auch lesen und sich angesprochen fühlen.

Unsere Mutter wurde ohne einen brauchbaren Befund aus dem Krankenhaus entlassen, nahm Tabletten, sollte sich schonen und eine Zeit lang war Ruhe eingekehrt. Doch die Notfälle und die Aufenthalte im Krankenhaus wiederholten sich leider und irgendwann wurden die Abstände immer kürzer. Dann folgten viele Arztbesuche und Untersuchungen beim Kardiologen. Dann die Diagnose: vergrößertes Herz, kann die Leistung nicht erbringen, welches es erbringen sollte, dadurch bildete sich Wasser in der Lunge und führte zur Atemnot. Fachlich nannte man die unheilbare Krankheit »Angina Pectoris«. Unsere Mutter wurde medizinisch gut versorgt, mit Anfang 40 arbeitsunfähig krankgeschrieben und sollte jegliche Anstrengungen vermeiden. Zu einer lapidaren Anstrengung gehörte schon das Tragen einer Einkaufstasche.

Kapitel 4

Jahre vergingen. In der Zwischenzeit waren wir noch von der kleinen Stadt am Niederrhein in die nächst größere Stadt am Rhein gezogen, weil unsere Mutter dort eine größere, bezahlbare Dachgeschosswohnung für uns gefunden hatte. Nach dem Schulabschluss begann ich eine kaufmännische Ausbildung, die ich im Sommer 1997 erfolgreich abschloss. Direkt mit achtzehn hatte ich meinen Führerschein und ein erstes, »altes« Auto. Einen weißen Golf I, den ich mir für ganz wenig Geld, vom Nachbarn um die Ecke, glaube für 1.500 EUR gekauft hatte. Das Auto war ein »Hingucker«, weil es tiefergelegt war, breite Reifen und einen übermäßigen Auspuff hatte. Es hatte natürlich auch »Macken« und »Tücken«, mit denen ich mich jahrelang auseinandersetzen musste, aber ich hatte das Fahrzeug geliebt. Ich zog zu Hause aus. Ich hatte es keinem erzählt, für mich aber relativ schnell mit der Volljährigkeit entschieden. Meine Familie fühlte sich ein wenig vor den Kopf gestoßen, aber das war mir in dem Moment dann auch egal. Schließlich hatte mich jahrelang vorher auch keiner gefragt, wie es mir mit der Situation ging. Ich mietete mir ein kleines 1,5-Zimmer-Appartement in derselben Stadt, wo meine Mutter mit ihrem Lebensgefährten und meinem kleinen Bruder wohnte. Die Anmietung war grundsätzlich kein Problem, der Vermieter wollte nur einen Bürgen haben, da ich mich in der Ausbildung befand und ihm das ein wenig zu unsicher war. Als gewünschter Bürge war dann mein großer Bruder eingesprungen, der schon im Berufsleben stand und ein festes Einkommen hatte. Nun hatte ich meine eigenen vier Wände, die ich mir im Rahmen meiner finanziellen Möglichkeiten eingerichtet hatte. Die erste Aussteuer wie Bettwäsche, Besteck, Handtücher, Geschirr usw. hatte ich in den Jahren davor immer irgendwie zum Geburtstag und Weihnachten bekommen. Von daher war das schon mal für die eigene Wohnung da. Ich war unabhängig, frei und hatte keinen mehr in den Ohren hängen, der reklamierte, dass ich zu oft duschte, telefonierte und zu viel Kosten verursachte. Diese Vorträge konnte ich mir nämlich jahrelang von meiner Mutter anhören, die von ihrem Partner angestachelt worden war. Ich hatte sowieso nie einen besonders guten Bezug zu ihm, allein schon aufgrund der Tatsache, dass keiner für mich hätte meinen Vater ersetzen können. Da war einfach kein Raum und keine Akzeptanz für jemand anderen, der diese schmerzhafte Lücke hätte schließen können. Aber dafür hasste ich ihn. Er hatte sich nämlich nur für sich selbst und unsere Mutter interessiert. Wir Kinder waren ihm völlig egal. Er selbst hatte zwei erwachsene Söhne und die hatten natürlich die höchste Priorität in seinem Leben. Wenn die zu Besuch kamen, steckte er ihnen Geld zu und wir bekamen nie etwas. Ich hatte nie den Einblick in die Finanzen meiner Mutter, aber manchmal hatte ich das Gefühl, dass er von dem Geld, was eigentlich uns Kindern zugestanden hätte, mit durchgezogen wurde. Traurig, aber wahr. Wenn ich euch jetzt noch erzähle, dass ich mir das selbst zu verdanken habe, dass er meine Mutter kennengelernt hat, dann muss ich selbst grade schmunzeln.

Es war nämlich eine der Schlangen, um Fleisch und Wurst zu kaufen, in der ich als Kind mit meiner Mutter in Polen stand. Irgendwie hatte ich meine Mutter genervt und ununterbrochen gequengelt, weil ich so ein Pfadfinderoutfit haben wollte. Das Geld war aber im Moment wohl nicht dafür da. Da sah er, ein Mann, der hinter uns in der Schlange stand, seine große Chance, sich in das Gespräch einzumischen und mit meiner Mutter ins Gespräch zu kommen. Von da an hatten wir ihn an der Backe. Erst in Polen, dann war er uns nach Deutschland nachgereist und hatte mit uns unter einem Dach gelebt. Meint ihr, da wurde irgendetwas besprochen oder ausdiskutiert? Nee, das war dann einfach so. Deshalb fiel mir die Entscheidung relativ leicht, auszuziehen, als ich achtzehn wurde.

Dieser Luxus (Wohnung und Auto) mit achtzehn war natürlich nur möglich, weil ich neben der kaufmännischen Ausbildung weiter jeden Samstag und teilweise in meinem Urlaub beim Gärtner arbeitete und mir Geld dazu verdiente. Manchmal träume ich bis heute noch von diesen kleinen Zetteln, auf denen wir die Arbeitsstunden zum Auszahlen aufgeschrieben haben. Zu der Zeit war es noch nicht so verbreitet, dass man Stunden in einem System am PC zwecks weiterer Verarbeitung erfasste. Zumindest nicht in so einem kleinen Familienbetrieb. Es war alles viel persönlicher und näher am Menschen. Diesen Nebenjob habe ich bis zu meinem 25. Lebensjahr gemacht – also elf Jahre lang. Schade, dass es nicht in die Rentenberechnung einfloss, denn da wäre sicher eine nette Summe zusammengekommen.

Mit fünfundzwanzig traf ich die ersten großen Entscheidungen in meinem Leben. Ich trennte mich von meinem langjährigen Freund, der meine erste große Liebe war und mit dem ich sieben Jahre meines jungen Lebens verbracht hatte. Was man in dem Alter von achtzehn bis fünfundzwanzig »zusammen« nennen kann. Da er über dreißig Kilometer von mir entfernt wohnte, auch in der Ausbildung war, sahen wir uns meistens nur am Wochenende. Es war ein ständiges auf und ab. Wir konnten nicht mit und wir konnten nicht ohne einander. Er lebte so ein wenig in seiner eigenen Welt, war ein Scheidungskind und von der Situation auch sehr geprägt. Hatte deshalb Ängste, sich für immer zu binden, und gab mir nicht die Geborgenheit und Sicherheit, die ich mir als Freundin gewünscht hatte. Die Jahre vergingen wie im Schlaf; schnell waren es sieben und zum Schluss merkte ich, dass wir so, wie es lief, keine Zukunft zusammen hatten, und ich trennte mich schließlich per SMS von ihm. Alles in dieser Partnerschaft ging irgendwie nur von mir aus. Alles musste ich ihm aus der Nase ziehen. Ich war die Macherin, die Planerin und auch natürlich die, die alles umsetzte, was ich als Vorschlag in diese Beziehung einbrachte. Als junge Frau, und in dem Alter von fünfundzwanzig hatte ich immer den Wunsch und die Vorstellung zu heiraten und eine Familie zu gründen. Nach mehreren vergeblichen Versuchen, das Thema anzusprechen und hingehalten worden zu sein, resignierte ich innerlich und hatte es dann schließlich ganz aufgegeben. Deshalb war der Schluss so kurz und knapp. Ich kündigte ebenfalls meinen gutbezahlten Job in Düsseldorf, wohin ich vom Wohnort über drei Stunden täglich hin- und herpendelte, meine Wohnung und erfüllte mir einen langjährigen Traum mit einer sechsmonatigen Reise in die USA. Da ich dort mit dem Hintergedanken hinwollte, meine Englischkenntnisse zu verbessern, und länger als drei Monate bleiben wollte, benötigte ich ein Visum, dessen Grundlage eine Einladung war. Hier kamen mir meine Beziehungen zu meinen Landsleuten aus der Zeit beim Gärtner zugute. Eine Frau, die leider mittlerweile schon verstorben ist, die mit mir beim Gärtner gearbeitet hat, hatte eine weitläufige Bekannte beziehungsweise eine Nachbarin aus Polen, in den USA, die mir wiederum, ohne mich zu kennen, diese Einladung schickte. Das nötige Visum war relativ schnell beantragt, ich musste diverse Unterlagen zusammenstellen und hinschicken. Nach einer relativ kurzen Zeit bekam ich das Visum für die USA, welches sogar zehn Jahre gültig war. Im Juli 2002 startete mein Abenteuer, und ich verwirklichte mir meinen Traum und flog in die USA. In Chicago angekommen, wurde ich wiederum von einer Bekannten dieser Bekannten am Flughafen abgeholt und zu der Familie, die mir die Einladung schickte, gebracht.

Ich wurde sehr nett empfangen und aufgenommen und lernte die Nachbarn und Freunde der Familie kennen. Relativ schnell ließ sich feststellen, dass ich nur von meinen Landsleuten, also Polen, umgeben war. Jegliche Kommunikation fand auf Polnisch statt. Man ging in polnische Supermärkte, fuhr zu Messen, die auf Polnisch abgehalten wurden, saß am Wochenende mit polnischen Freunden zusammen. Für mich war es total ungewöhnlich, in Amerika zu sein und nur Polnisch zu sprechen. Da war er hin, der Traum, mein Englisch schnell zu verbessern. Auch von Amerika hatte ich eine ganz andere Vorstellung. Ich war ein wenig über die alte Infrastruktur überrascht und enttäuscht. Ich dachte immer, in Amerika sei alles auf dem neusten Stand, voller Glanz, bunt, schrill, anders halt, als ich es in der Realität vorfand. Ich hatte eine ganz tolle Zeit in den USA, lernte ganz viele nette Menschen kennen, mit denen ich trotz der Entfernung bis heute via Facebook und Co. befreundet bin. Mein Englisch hatte ich nicht besonders verbessern können, da es mit diesem Visum für mich nur die Möglichkeit gab, so eine Art VHS-Abendkurs zu besuchen. Lustig war auch noch: Die Kursleiterin war aus Polen, auch die Teilnehmer waren aus Polen, sodass die Grundlage des Unterrichts auf Polnisch war. Dieses Heft habe ich heute noch. Ich schrieb auf Polnisch, dann auf Englisch und übersetzte für mich ins Deutsche. Ich hatte in Chicago und Umgebung viel gesehen und als es dort im November kalt wurde, genehmigte ich mir einen Ausflug in die Sonne und flog in die Dominikanische Republik. Dort verbrachte ich zwei Wochen. Weihnachten und Neujahr war ich wieder in Chicago und im Januar 2003 ging es dann wieder nach Hause. Ich hatte in Chicago natürlich auch Erfahrungen mit Männern gemacht. Einer hätte am liebsten gehabt, dass ich dortgeblieben wäre, so schwarz vorerst, ohne Papiere, was bedeutet hätte: bleiben, leben und ausreisen kein Problem, aber nie wieder einreisen können … und das wollte ich nicht. Ich hatte immer gesagt, meine Mutter sei krank und es könne immer etwas sein, und dann hätte ich natürlich das Land verlassen müssen. Hätte aber nie wieder zu ihm einreisen können. Wir trafen uns dann noch ein paarmal, irgendwann sagte er mir dann, er müsse die Sache beenden, bevor es noch mehr wehtat. Er wusste, dass ich in ein paar Wochen zurückflog, und er wollte das so nicht. War ein netter – ein Tscheche, der schon seit Jahren in einem Vorort von Chicago lebte. Sollte halt nicht sein.

Ich hatte darüber nachgedacht, vor Ort das Visum um ein halbes Jahr zu verlängern, sah aber aufgrund der Umstände so keinen Sinn darin und flog am 12. Januar 2002 wieder nach Hause. Die Freude war groß und ich kann mich noch an den Rückflug ab Spanien ganz genau erinnern, weil das Flugzeug fast leer war und ich mich voll ausbreiten konnte. Da ich meine kleine Wohnung aufgegeben und all meine persönlichen Sachen bei einer Freundin in einer Garage untergebracht hatte, zog ich vorerst bei meiner Mutter und meinem kleinen Bruder ein. Sie waren irgendwann im Laufe der Zeit innerhalb der Stadt in eine Neubauwohnung umgezogen. Der Lebenspartner meiner Mutter hatte eine kleine eigene Wohnung bezogen. Mein zweites Auto, ein kleiner Opel Corsa, hatte in der Zeit mein großer Bruder gefahren, also alles war versorgt und nach meiner Rückkehr wieder da. Das war schon sehr praktisch so.

Düsseldorf hatte mir schon aus der Zeit vor Chicago, während ich für den Job hin- und hergependelt war, sehr imponiert und gefallen. Die Lebensart der Menschen, die vielen Geschäfte und die kleinen Boutiquen. Die internationalen Restaurants und das Kulturangebot, die tollen Parks, die ganzen Möglichkeiten und der Zugang zu so vielen Aktivitäten in der Stadt, das war alles so unbeschreiblich toll. Die Erinnerung war deshalb auch so positiv, weil ich in der Zeit, in der ich nur in Düsseldorf gearbeitet hatte mit meinen Kolleginnen, wann immer es am Abend möglich war, besonders in den Sommermonaten, eine ganz tolle Zeit verlebte. Deshalb beschloss ich, als ich mir im Ausland vor meiner Rückkehr Gedanken darüber machte, wie und wo mein Leben weitergehen sollte, direkt nach Düsseldorf zu ziehen und mir dort einen neuen Job zu suchen und dort zu leben. Gesagt, getan. Ich fuhr ein paarmal nach Düsseldorf, um mir Wohnungen anzuschauen. Relativ schnell entschied ich mich für eine im Stadtteil Düsseldorf Zoo und nach Erledigung des ganzen Papierkrams und einer Bürgschaft für Kaution konnte ich relativ schnell den Wohnungsschlüssel haben. Ein neues Projekt war geboren: Organisation des Umzugs – ein paar Möbel hatte ich ja schließlich schon. Eine neue Küchenzeile, ein Sofa und einen Schrank musste ich für die Wohnung haben. Da die Wohnung leer und renoviert war, konnte ich den Mietvertrag ab März 2003 abschließen. Dann ging die Arbeit los und ich drehte mit meinem Corsa ein paar Kilometer hin und her. Diverse Möbelhäuser im Ruhrgebiet wegen einer Küchenzeile abgeklappert, die Kartons schon mal nach Düsseldorf in die neue Wohnung gebracht. Alle Formalitäten in Düsseldorf erledigt, Anmeldung, die Meldung beim Arbeitsamt, Eröffnung bzw. Verlegung des Bankkontos, Aktivierung der Versicherungen, Telefon- und Internetanschluss und sonst noch alles, was dazugehörte. Ende Februar, im tiefsten Winter, hatten wir dann den Umzug gemacht. Brüder und Freunde halfen mir. Zum Aufbauen bzw. Montieren war nur das Schlafzimmer; Küche und Sofa hatte ich neu bestellt. Diese Möbel waren auch relativ schnell da und aufgebaut, sodass ich relativ schnell alles hatte und vor Ort bleiben konnte. Ich fühlte mich in der neuen Wohnung und in Düsseldorf gleich heimisch. Meldete mich im Fitnessstudio an, suchte Arbeit und führte Vorstellungsgespräche, besuchte einen Englischkurs an der VHS. Ich war voller Optimismus und purer Lebensfreude ...

Doch leider meinte das Schicksal es nicht lange gut mit mir. Kaum in der neuen Wohnung eingelebt, hatte ich einen schrecklichen Traum. Bekanntlich sollten Träume, die man an einem neuen Ort hatte, in Erfüllung gehen. Der langjährige Partner meiner Mutter war während meines Aufenthaltes in den USA im Dezember 2002 an seiner schweren unheilbaren Krankheit verstorben. Es gab wohl keine Rettung mehr und alles ging ganz schnell. Er wurde nicht wirklich alt, in Polen beerdigt und lag wohl über Sonntag. Hier sagte man, dass, wenn ein Verstorbener über Sonntag liegt, nimmt er jemanden mit. Ich hatte das und den Traum im Nacken ...

In jener Nacht, es war Ende März oder Anfang April, ich weiß es nicht mehr genau, hatte der langjährige

Lebenspartner meiner Mutter im Traum zu mir gesprochen. Er schwebte seitlich, rechts vor meinen Augen und kündigte mir quasi an, dass er sie zu sich holen würde. Ich sah ihn in diesem Traum, ganz friedlich wie von einer Wolke umhüllt, sagen: »Sei mir nicht böse, sie ist aber schwer krank und ich nehme sie mit.« Glaubt mir oder aber auch nicht, ich saß senkrecht im Bett, total erschrocken, nass geschwitzt und voller Ängste in der Dunkelheit. Am nächsten Morgen musste ich erst wieder zu Besinnung kommen und es für mich verarbeiten. Natürlich habe ich mit keinem darüber gesprochen; die hätten mich sowieso alle nur ausgelacht. Ich stellte mir nur die Frage: warum ich? Warum sprach er zu mir und nicht zu den anderen? Schließlich hatten wir keinen besonders guten Draht zueinander. Den ganzen Tag beschäftigte mich dieser Traum im tiefsten Inneren, aber natürlich versuchte ich, es zu verdrängen. Vielleicht hatte es sich bei meinen Geschwistern auch so abgespielt und jeder schwieg für sich. Das weiß ich natürlich nicht, weil mir keiner von ihnen etwas gesagt hat.

Das Erste, was ich nächsten Morgen tat, war, zum Telefonhörer zu greifen und meine Mutter anzurufen. Sie war wohl auf und erzählte mir von den Plänen, die sie für die nächsten Wochen geschmiedet hatte. Ich war beruhigt, dass es ihr gut ging und die Krankheit sie nicht einschränkte. Über das Verhalten meiner Mutter nach meiner Rückkehr aus den USA machte ich mir jedoch hin und wieder doch Gedanken. Ich kannte sie so nicht. Sie war immer lebensfroh und lustig, unternahm gern Dinge, war gern in Gesellschaft, aber ich bildete mir ein, dass sie total überdreht wirkte. Während meines Aufenthalts in den USA war sie zu einer Kur, wo sie jemanden aus der Pfalz kennengelernt hatte. Dieser Typ war dann plötzlich da, mischte alles und alle auf, nahm sie total ein. Sie waren ständig unterwegs; mal am Niederrhein, dann wieder in der Pfalz. Über Umzug hatte man schon diskutiert, da er dort ein Haus hatte. Ganz ehrlich, ich kannte meine Mutter bis dato so nicht. So voller freier Gedanken, so sich in Abhängigkeit stürzend, aber ich sagte nichts dazu und mischte mich da auch nicht ein, empfand es eher als fremd und komisch.

Die Tage und Wochen vergingen. Ich war in Düsseldorf und konzentrierte mich auf mein Leben und tat alles dafür, wieder einen Job zu finden. Ich hatte ja aus der Zeit, als ich in Düsseldorf gearbeitet hatte, eine gute Freundin und andere Arbeitskolleginnen, mit denen ich hin und wieder Dinge unternahm und neue tolle Menschen kennenlernte. Ich war wirklich glücklich.

Bis zu jener Nacht, da in den Morgenstunden am 14. Mai 2003 mein Festnetztelefon klingelte, ich total erschrocken aufsprang und schon Fürchterliches ahnte. Denn es gab absolut keinen plausiblen Grund, warum mich jemand um sechs oder sieben Uhr morgens anrufen sollte, außer ein Irrtum oder Notfall. Am anderen Ende war der Mann meiner Schwester dran, also mein Schwager, und erzählte mir mit einer sehr gebrochenen Stimme, dass unsere Mutter, die an dem Wochenende mal wieder in der Pfalz war, verstorben war. Ich glaube, ich habe ihn wirklich wörtlich gefragt, ob er mich »verarschen möchte«. Er blieb jedoch ruhig und sagte

»NEIN«. Sie selbst hätten vor ein paar Minuten einen Anruf vom Freund meiner Mutter erhalten, in dem er ihnen mitgeteilt habe, dass sie nicht mehr aufgewacht sei. Sie sei am Abend ganz normal ohne irgendwelche Beschwerden ins Bett gegangen, war aber nicht mehr aufgewacht. Als er sie morgens angefasst habe, hätte sie keinerlei Reaktionen mehr gezeigt und war kalt. Alle Wiederbelebungsversuche des Notarztes hätten nichts gebracht, es konnte nur noch der Tod festgestellt werden. Meine Knie wurden weich und ich hatte für die nächsten paar Minuten wieder einen Filmriss. Ich glaube, ich war dann wieder ins Bett gegangen. Als ich dann wieder zu mir kam, machte ich mich total verheult fertig, stieg ins Auto und wollte zu meiner Mutter nach Hause. Kaum auf der Autobahn, hatte ich einen persönlichen Schutzengel, der mich vor einem heftigen Unfall bewahrte. Ein paar Meter vor mir prallten zwei Autos aufeinander. Ich war in dem Moment jedoch so klar im Kopf, dass ich die Situation so gut und exakt einschätzen konnte, rechtzeitig die Spur wechselte und daran vorbeifahren konnte. Es war schließlich Geschwindigkeit im Spiel, ich konnte nicht so einfach abbremsen und stehen bleiben, um zu helfen. Ich glaube auch nicht, dass ich dazu in der Lage gewesen wäre. Der Schock saß tief.

Im Rückspiegel hinter mir sah ich, dass darauffolgende Autos anhielten. Noch auf der Autobahn drosselte ich die Geschwindigkeit und dachte darüber nach, was noch alles in dem Moment hätte passieren können. Bei meiner Mutter zu Hause angekommen, fand ich nur meinen Bruder vor. Es war sicher noch jemand bei ihm, weiß aber nicht mehr wer. So wie ich Papas Tochter war, war mein kleiner Bruder Mamas Söhnchen. Im Januar hatten wir noch alle zusammen Geburtstage gefeiert; mein Bruder war achtzehn, meine Mutter fünfzig und ich sechsundzwanzig geworden. Und nun war sie nicht mehr da. Wieder so von heute auf morgen. Obwohl ich immer an Gott glaubte, fühlte ich mich in dem Augenblick von ihm verlassen. Warum wieder ich bzw. wir? Warum musste ein Achtzehnjähriger, der schon seinen Vater überhaupt nicht kannte, weil er ihn mit acht Monaten verlor, jetzt auch noch seine Mutter verlieren? Warum schlägt das Schicksal bei uns so oft zu? Warum? Das war für mich alles so unbegreiflich und ich verlor in dem Moment den Glauben an Gott.

Der Traum, mein Traum, war Realität geworden und wir mussten die Beerdigung unserer Mutter organisieren. Ich weiß nicht mehr wie, aber irgendwie rauften wir uns alle zusammen und jeder übernahm etwas an Organisation. Mein Schwager organisierte ein Beerdigungsinstitut, der Pfarrer musste aufgeboten werden, die ganze Verwandt- und Bekanntschaft musste informiert werden, Blumen, Papierkram und alles andere, was halt dazu gehörte. Ich verbrachte die ganzen Tage dort, mein ältester Onkel (der Mann von der Schwester meiner Oma, also mein Großonkel, glaube ich) war aus Polen angereist, der uns moralischen Beistand leistete und half, wo er konnte. Wir hatten eine relativ kleine Familie, Großeltern väterlicherseits lebten schon vor meiner Geburt nicht mehr, die Eltern meiner Mutter waren nach unserer Auswanderung nach und nach relativ jung verstorben, mein Papa hatte nur zwei Schwestern – zu der einen hatten wir kaum Kontakt –, und meine Mutter hatte keine Geschwister. Der Leichnam musste ja aus der Pfalz überführt werden und nachdem alles erledigt war, konnte die Beerdigung am 17. Mai 2003 abgehalten werden. Sie wurde schick und farbenfroh angezogen und wir versuchten, alles, was die Bräuche aus unserer Kultur in diesem Zusammenhang verlangten, umzusetzen.

Da lag sie, selbst im Sarg mit einem Lächeln im Gesicht, als wenn sie uns signalisieren wollte, dass sie glücklich und ohne Sorgen eingeschlafen war. Der Abschied war sehr schwer und ich hatte den Traum im Hinterkopf, dass der langjährige Lebenspartner sie von uns geholt hatte. Ich empfand in dem Moment Trauer, Wut und Hass. Hass, weil ich das total egoistisch fand, aber ändern konnte ich an der Situation nichts. Man konnte sich in dem Moment nur trösten, indem man daran dachte, dass wer weiß was ihr auf dieser Welt noch alles erspart geblieben war. Zu beneiden war das kurze Leben meiner Mutter nicht. Mit nur zweiunddreißig wurde sie mit vier kleinen Kindern Witwe, hatte mit fünfunddreißig eine Auswanderung vollzogen, mit Anfang vierzig wurde sie selbst schwer krank, musste immer nur stark sein, hatte nichts von der Welt gesehen und ging leider viel zu früh von uns. Ich hoffte, dass es ihr in Gottes Händen besser ging. Sie wo auch immer im Universum glücklich und friedlich auf uns runterschaute und stolz auf ihr hinterlassenes Werk war.

Wegen der Überführung waren natürlich zusätzliche Kosten dazugekommen, die gestemmt werden mussten.

Da meine Mutter mit meinem kleinen Bruder von ihrer kleinen Arbeitsunfähigkeitsrente plus Kindergeld lebte, waren keine großen Ersparnisse da. Meine beiden anderen Geschwister waren auch nicht flüssig und ich hatte meine ganzen Ersparnisse in mein neues Zuhause in Düsseldorf gesteckt. Was blieb mir übrig, die ich für die ganzen finanziellen Abwicklungen zuständig war, wieder mal meinen lieben Patenonkel um Hilfe zu bitten. Er und seine Familie hatten es mir ohne große Diskussionen geliehen und ich konnte es in Raten abstottern. Es gibt Geschwister, die mir bis heute 2019 den Anteil noch nicht zurückbezahlt haben. So viel nur dazu.

Alle versuchten, auf ihre Art und Weise mit der Situation umzugehen und diese zu verarbeiten. Am meisten tat mir mein jüngerer Bruder leid, der von heute auf morgen allein war und sein Leben mit achtzehn meistern musste. Er hätte die Möglichkeit gehabt, psychologische Hilfe in Anspruch zu nehmen, aber das wollte er warum auch immer nicht und hatte das alles mit sich selbst ausgemacht. Wir hatten alle versucht, ihn dorthin zu leiten, aber er war stur und wollte nicht. Mein Onkel aus Polen blieb noch ein paar Wochen und verbrachte die Zeit mit meinem kleinen Bruder. In der Zeit besuchte er mich auch noch in der neuen Wohnung in Düsseldorf und wir versuchten alle, die Normalität wieder einkehren zu lassen.

Kapitel 5

Ich stürzte mich wieder in intensive Arbeitssuche, hatte Bewerbungsgespräche und besuchte regelmäßig das Fitnessstudio. Dort lernte ich irgendwann Anfang Juni 2003 einen netten, jungen Mann kennen, der sogar am selben Tag Geburtstag hatte wie ich, nur zwei Jahre jünger war. Wir hatten uns gleich gut verstanden, hatten dieselben Interessen und Vorlieben. Wir verbrachten Zeit zusammen und waren dabei, uns besser kennenzulernen. Er war Polizeibeamter und zu der Zeit für das Revier in Düsseldorf zuständig, in dem ich wohnte. Diese Freundschaft tat mir sehr gut. Ich fühlte mich verstanden, geborgen und die Ablenkung tat mir sehr gut. Ich blühte förmlich wieder auf und kämpfte mich mit der positiven Energie, die ich aus dieser Verbindung mit dem neuen Mann an meiner Seite zog, wieder nach vorne.

Es war mir gelungen, ab Juli 2003 eine temporäre Anstellung in Solingen zu ergattern. Es war nicht mein Traum, nur temporär angestellt zu sein, aber eine tolle Chance, in einem großen internationalen Unternehmen wieder ins Berufsleben einzusteigen. Kaum konnte ich mich ein paar Tage über die neue Situation freuen und im Berufsleben wieder einfinden, fackelt der Eigentümer des Hauses, der unter mir wohnte, seine Wohnung ab und es brannte in meiner Wohnung. Ich kann heute von ganz großem Glück sprechen, dass ich noch lebe und euch meine ganzen Schicksalsschläge erzählen kann.

Was war passiert? Nun, der Eigentümer des Hauses, der in der Wohnung selbst unter mir wohnte und anscheinend ein extremes Alkoholproblem hatte, hatte sich zu später Stunde noch ein paar Bratkartoffeln zum Essen machen wollen. Hatte diese auf dem Herd vergessen, war eingeschlafen und dieser Bratvorgang löste nach einigen Stunden des vor sich hin Bratens ein Feuer in seiner Wohnung aus, welches vorerst unbemerkt blieb. Es gab einen Knall, weil vor lauter Hitze die Scheiben in seiner Küche platzten, von dem ich kurz wach wurde. Ich schaute auf die Uhr, es war 2:00 Uhr. Düsseldorf, große Stadt, immer was los, dachte ich und dachte mir nichts weiter dabei. Es überkommt mich grade eine Gänsehaut, wenn ich daran denke, dass ich bei der Gelegenheit hätte draufgehen können. Dieser relativ laute Knall war anderen Menschen in der Nachbarschaft wohl zu Ohren gekommen und da die Häuser relativ eng aneinandergebaut waren, ergab sich wie ein dreieckiger Innenhof, auf den man von allen Seiten schauen konnte.

Heute danke ich Gott, dass sich in dem Innenhof der Nachbarschaft ein relativ in Düsseldorf bekannter Nachtclub befand, dort noch um diese Zeit Action war und ein Mann den Knall gehört und das Feuer in der gegenüberliegenden Wohnung realisiert hatte. Er erzählte später der Polizei, dass er, nachdem er die Feuerwehr alarmiert hatte, sofort losgerannt sei, um das Haus beziehungsweise die Menschen im Haus zu verständigen. Das, was er bei seiner Ankunft erlebte, machte ihn fassungslos und wütend. Aus dem Haus nämlich kam ihm ein betrunkener, verwirrter Mann entgegen, der so tat, als sei nichts passiert. Ich war immer noch in der Wohnung und im Halbschlaf, als ich plötzlich laute Schreie und Geklopfe an meiner Haustüre hörte. Im Pyjama, ängstlich und total durcheinander machte ich die Tür auf, sah nur Rauch und nahm einen Mann wahr, der sagte: »Es brennt, schnell raus hier«, und er fragte mich, ob da oben auch noch jemand wohne. Ich sagte ja, eine Person, und er stürmte hoch und trat dort die Tür ein. In der totalen Verwirrung wusste ich nicht, was ich machen sollte, zog mir über den Pyjama etwas an, was grade in der Nähe lag, schnappte mir die Handtasche, das Handy und warf nur einen Blick in die Küche und sah, wie das Feuer nach oben stieg und schon auf meinem Küchenbalkon zu sehen war.

In dem Moment kam auch der Helfer und Retter wieder an und wir rannten zusammen die Treppe runter und raus. Der Rauch war im Flur schon so fortgeschritten, dass sich die Nachbarin über mir entschied, oben zu bleiben und auf die Feuerwehr auf dem Balkon zu warten. Als wären die letzten Monate nicht genug gewesen, stand ich nur zwei Monate später, mitten in der Nacht, in Pyjama, Hausschuhen und irgendetwas, das ich notgedrungen übergezogen hatte, auf der Straße. Erst jetzt trafen die Feuerwehr und kurz später die Polizei ein. Die Feuerwehr kümmerte sich um das Feuer, die Polizei befragte uns, was passiert sei. Der Eigentümer tat verwirrt und total unschuldig und wollte nur ins Hotel zum Schlafen gebracht werden. Ich stand da wie obdachlos und war wieder in einer Situation in meinem Leben, in der ich nicht wusste, was ich machen sollte. Mein

Freund, der Polizeibeamte, mit dem ich erst kürzlich zusammengekommen war, hatte in dieser Nacht keinen Dienst, war vorher feiern und ich erreichte ihn einfach nicht. Mehrmals hatte ich es telefonisch versucht, aber er ging nicht dran. Nachdem mit der Polizei alles geregelt war, bestellte man mir ein Taxi und ich fuhr zu der Wohnung meines Freundes in der Hoffnung, dass er zu Hause war und mir die Tür aufmachte. Mehrere Klingelversuche vergingen, bis ich endlich seine Stimme am Haustelefon hörte und die Frage: »Wer ist da?« Ich meldete mich völlig aufgelöst und er machte mir die Tür auf. Auch total aus dem Schlaf gerissen, fragte er mich, was passiert und los sei. Ich erklärte ihm alles und wir versuchten einzuschlafen. Ich hatte mir vorher noch den Wecker gestellt, um am nächsten Morgen bei dem neuen Arbeitgeber anzurufen.

Das Erste, was ich um acht Uhr tat, war, bei beiden Firmen anzurufen, um zu erzählen, was in der Nacht geschehen war und dass ich mich mindestens für die nächsten zwei Tage abmelden musste. Meine beiden Ansprechpartner hatten Verständnis dafür, aber könnt ihr euch vorstellen, wie peinlich mir das war? Erst ein paar Tage, zehn waren es glaube ich, im Einsatz und dann schon eine Abmeldung. Aber nun, ich hatte so einen Schock erlebt und war einfach nicht in der Lage, mich auf Arbeit, die vor allem noch ganz neu und somit keine gewisse Routine war, zu konzentrieren. Auf der anderen Seite musste ich auch an mich denken und schauen, wie es nach dem Vorfall weiterging und was alles erledigt werden musste.

Wir waren dann auch aufgestanden und mein Freund hatte uns zur Stärkung ein Frühstück vorbereitet. Wir hatten lange über das, was in der Nacht passiert war, gesprochen, und vor allem darüber, wie es weitergehen sollte. Ich brauchte natürlich eine Bleibe, da die Wohnung bis auf Weiteres unbewohnbar war. Als Nächstes rief ich die Hausratversicherung an und meldete den Brandfall. Die Dame am Telefon eröffnete einen Schadensfall, gab mir eine Nummer durch und sagte mir, was die Versicherung alles für eine Erstattung bzw. Zahlung benötigte. Der Versicherungsschutz sah in solchen extremen Fällen auch vor, dass entweder Hotelkosten für einen bestimmten Zeitraum oder eine tägliche Pauschale, wenn man woanders unterkam, erstattet wurde. Ich wollte natürlich ungern allein in einem Hotelzimmer sitzen und nachdem wir noch mal darüber gesprochen hatten, bot mir mein Freund an, so lange bei ihm zu bleiben, bis ich wieder eine Wohnung für mich gefunden hatte. Das war natürlich kein Dauerzustand. Zum einen war unsere Beziehung sehr frisch, wenn überhaupt zu dem Zeitpunkt fünf Wochen alt, und zum anderen hatte er in einer 1,5-Zimmer-Single-Wohnung gewohnt.

Ich war am Boden zerstört. Grade erst alles unter Dach und Fach gehabt. Den ganzen Papierkram geregelt, Möbel ausgesucht, gekauft und aufgebaut, Kartons geschleppt, ausgepackt und so weiter und nun war ich wieder am Anfang meines Projektes.

Relativ kurzfristig wurde von der Versicherung ein Sachverständiger geschickt, um den Zustand der Wohnung und meiner privaten Gegenstände zu begutachten. Wir trafen uns vor Ort, um gemeinsam alles anzuschauen. Im Hausflur begegnete uns der Sohn des Eigentümers – wohl auch mit einem Versicherungsvertreter –, der nach einer kurzen und sehr verlegenen Begrüßung fragte, bei welcher Versicherung ich versichert sei. Aus mir zischte nur voller Wut und Enttäuschung: »Hamburg-Mannheimer«, und ich ging weiter nach oben. Keine Entschuldigung, kein »Wie geht es Ihnen?«, sondern: »Wo sind Sie versichert?« Ich meine, das sagt doch schon vieles über einen Menschen aus, findet ihr nicht? Stellt euch vor, ich hätte gleich nach meiner Rückkehr aus den USA die Versicherungen nicht wieder in Kraft gesetzt, dann hätte ich obdachlos und ohne mein ganzes Hab und Gut auf der Straße gestanden. Es hätte keinen interessiert. Es ist nämlich nicht so, wie ich dachte, dass die Versicherung des Verursachers in dem Moment haftet. Pustekuchen! Jeder sollte eine eigene Haftpflichtversicherung haben, die dann natürlich nach Klärung der Schuldfrage Regress gegenüber der gegnerischen Versicherung nimmt. Aber wenn man keine hatte, dann war das persönliches Pech. Ich war in dem Moment so froh, als der Gutachter von der Hamburg-Mannheimer mir erklärte, dass ich eine habe.

Die Wohnung wurde wegen der Rauchpartikel als für unbewohnbar erklärt und musste komplett saniert/renoviert werden. Wir gingen jedes Zimmer – es waren zwei Zimmer, Küche, Bad – durch und sprachen über die Gegenstände und was mit ihnen passieren sollte. Die Ausstattung des Schlafzimmers, das neue Sofa und die sonstigen Kleinmöbel wurden abgeschrieben und mir dafür der Zeitwert erstattet. Ich weiß noch ganz genau bei den Küchenmöbeln, welche nagelneu und höchstens acht Wochen in der Wohnung waren, hatten wir eine heftige Diskussion. Der Sachverständige hatte die Idee, die Möbel abzubauen, zu transportieren, sie reinigen zu lassen und sie mir wieder in der neuen Wohnung aufzubauen. Damit war ich absolut nicht einverstanden, denn das war der Raum, in dem das Feuer direkt gestanden hatte, eine Front der hinteren Küchenzeile schon geschmolzen war und außerdem waren die Möbel für diesen Raum und keinen anderen geplant gewesen. Als wenn es nicht schon genug gewesen wäre, sollten mich etwa die Küchenmöbel noch in der neuen Wohnung an dieses Ereignis erinnern. Nein, danke. Nach langem Hin und Her und meiner ganzen Argumentation willigte er schließlich ein und notierte es zu den anderen abgeschriebenen Sachen. Schon für den nächsten Tag wurde ein Umzugsunternehmen, welches auf Wohnungsbrände spezialisiert war, aufgeboten. Die Helfer packten meine privaten und persönlichen Sachen unter meiner Aufsicht in Kartons ein und dann in den Lkw. Die Kleidung war zuerst einer speziellen Reinigung unterlaufen, die anderen Sachen auch. Dann wurden diese irgendwo, bis ich wieder eine neue, geeignete Wohnung hatte, zwischengelagert.

In den ersten zwei Tagen nach dem Brand rannte ich nur hin und her und erledigte alles, was in diesem Zusammenhang erforderlich war. Am dritten Tag nach dem Brand ging ich wieder arbeiten und versuchte, wieder die Normalität einkehren zu lassen. In jeder freien Minute suchte ich eine Wohnung, vereinbarte Termine und schaute mir welche an. Relativ schnell hatte ich eine neue Wohnung in Düsseldorf-Bilk gefunden, leider aber über Makler, wo ich noch einen schönen, saftigen Betrag für die Vermittlung bezahlen konnte. Aber in dem Moment war die Not so groß und sehr wichtig, dass ich wieder ein neues Dach über den Kopf hatte. In Düsseldorf war es auch üblich, dass es über einen Makler lief, da der Wohnungsraum sehr gefragt war.

Kapitel 6

Ich konnte die neue Wohnung ab 1. September 2003 anmieten, hatte ein älteres Ehepaar als Eigentümer, die im selben Haus, auf demselben Stockwerk, neben mir eine Zweitwohnung hatten. Sie waren beide Architekten, hatten ihren Erstwohnsitz in Hannover und ihre Zweitwohnung in diesem Haus in Düsseldorf. Es war eine von mehreren Immobilien, die sie geerbt hatten und selbst betreuten. Trotz der negativen Erfahrung mit dem vorherigen Eigentümer war das für mich kein Problem. Die Wohnung hatte eine tolle, große Küche, zwei schöne, helle und geräumige Zimmer, ein zwar unmodernes, aber noch akzeptables Badezimmer und einen quadratischen Flur. Die Wohnung befand sich auf der Verlängerung zur Kö – Königsallee, war im zweiten OG mit Balkon und ich konnte von oben auf eine Schule schauen und Kinder beim Toben auf dem Schulhof beobachten. Es war in der Woche immer relativ laut, aber da ich meist den ganzen Tag unterwegs war, war mir das egal. Schließlich wohnte ich in einer Stadt.

Die Zeit nach der Arbeit und an den Wochenenden verbrachte ich wieder in Möbelhäusern. Ein tolles Sofa hatte ich per Zufall auf dem Weg von der Arbeit nach Hause in Solingen gefunden, mich sofort in das Möbelstück verliebt und es gleich bestellt. Das habe ich übrigens, auch wenn nur noch zusätzlich, noch heute 2019 und ich liebe es noch nach wie vor. Ich muss gestehen, ich habe schon ein kleines Einrichtungs- und Projektfaible. Die Küchenzeile, die ich für die erste Wohnung ausgesucht hatte, war schon toll. Die neue war noch toller. Hochglanz und in Sonnenorange nannte sich die Farbe. Der Raum war schön quadratisch und groß, also konnte ich all meine Wünsche und Ideen einfließen lassen. Später war der Raum der Ort der Begegnung bei mir zu Hause und jeder, der zu Besuch kam, war von den Möbeln begeistert. Die Farbe strahlte eine Energie und Lebensfreude aus, das könnt ihr euch gar nicht vorstellen. Das Schlafzimmer hatte ich beim schwedischen Möbelriesen gekauft und die Möbel für das Wohnzimmer in einem Katalog bestellt.

Meine persönlichen Anziehsachen und der Rest der Gegenstände wurde ja nach der Reinigung zwischengelagert und nach einer Terminvereinbarung mit der Firma mir in die neue Wohnung ausgeliefert. Wieder hieß es Kartons wälzen, auspacken, in die Schränke einräumen, den Müll entsorgen, die leeren Kartons verstauen. Ich bin die Treppe nur rauf- und runtergeflitzt. Zu alledem war ich arbeiten und hatte einen Job in Festanstellung gesucht, Vorstellungsgespräche geführt und sonst noch alles, was man in der täglichen Routine bewältigen musste, erledigt.

Im Oktober hatte sich dann allmählich alles ein wenig gelegt, so dachte ich zumindest. Ich fand ab 1. Oktober eine Festanstellung bei einer Firma in Düsseldorf. Die neue Wohnung war gemütlich eingerichtet und ich hatte einen tollen, hilfsbereiten und einfühlsamen Mann an meiner Seite. Doch das Glückgefühl hielt nicht lange an. Mein persönlicher Schicksalsschlag mit dem Brand, das sehr enge aufeinander Wohnen in der 1,5-Zimmer-Wohnung, hatte in unserer Beziehung und in unserer Freundschaft große Risse hinterlassen. Es war viel zu früh, zu schnell alles zu ernst geworden und wir hatten diese Reifeprüfung zusammen einfach nicht überstanden. Gleich nach meinem Ereignis im Sommer hatte das Schicksal auch in seiner Familie zugeschlagen; seiner Schwester war etwas Schreckliches passiert und er hatte sich wie ich Vorwürfe gemacht, dass er nicht dabei war und helfen beziehungsweise sie beschützen konnte. Wir hatten viel darüber gesprochen, er war oft deswegen bei seiner Familie, die nicht im Raum Düsseldorf wohnte. Aber irgendwie war am Ende die Luft raus und er hatte sich von mir getrennt. Wieder war ich am Boden zerstört und konnte, wollte es nicht glauben, dass ich so einen tollen Menschen in meinem Leben verlor. Ich hatte Selbstzweifel und viele unterschiedliche Gedanken quälten mich. Warum um Himmels willen schickte mir der liebe Gott nur Liebe, Kraft und Hilfe in so schwierigen Situationen? Warum war mir das Glück, Liebe und Geborgenheit nicht dauerhaft gegönnt? Wir hatten noch einmal über alles gesprochen, aber es war nichts mehr zu retten. Ich fand, dass wir ein tolles Paar waren, selten bzw. noch gar nicht vorher hatte ich so eine tiefe seelische Verbindung zu jemandem gespürt. Nicht mal in der langjährigen Beziehung zu meiner ersten großen Liebe, die sieben Jahre lang dauerte. Wir waren wie aus demselben Holz geschnitzt, gedanklich, emotional, seelisch, gefühlsmäßig. Sollte halt aber nicht sein. Wie sagte man so schön, alle guten Dinge sind drei – Verlust meiner

Mutter, ein Wohnungsbrand und eine kurze, aber intensive Beziehung ging auch noch zu Ende.

Ich war traurig, fühlte mich einsam und die kalten, grauen Wintermonate nahten. Ich stürzte mich in Arbeit. Da der Job und Bereich neu waren, war auch die eine oder andere Überstunde erforderlich, sodass ich oft spät nach Hause kam und keine Lust zum Kochen mehr hatte. Gleich bei mir um die Ecke gab es eine Art türkische Imbissbude, wie wir Deutschen sagen. Der Besitzer war mit einer Polin verheiratet, und seine Spezialität waren frische und ausgefallene Salatkreationen. Neben Salaten gab es auch Gerichte aus der türkischen und polnischen Küche. Einfach toll. In den warmen Monaten hatte er Bänke vor dem Laden aufgestellt und bei Kälte gab es Sitzgelegenheiten drinnen. Da seine Frau Polin war, hatten wir gemeinsame Themen und ich hatte mich mit ihnen angefreundet und gehörte zu den regelmäßigen Stammgästen. Die Atmosphäre war locker und ungezwungen. Gäste kamen und gingen und manchmal blieb man an einem Tisch hängen und unterhielt sich nett mit jemandem, den man zum ersten Mal im Leben sah. Auch ich wurde manchmal in nette und unkomplizierte Gespräche verwickelt und hatte mir nichts draus gemacht. Das Publikum dort war unterschiedlichen Alters und sehr international. Es muss wohl Anfang Dezember gewesen sein, wo ich so ein ungezwungenes Gespräch mit einem jungen Mann (zwar älter als ich) führte. Er war mir dort schon ein paarmal aufgefallen, aber es gab nur einen Blickkontakt. An dem Abend waren wir irgendwie über jemand anderen ins Gespräch gekommen; mit dem anderen Herrn hatte ich schon vorher gequatscht und dieser wiederum kannte den anderen, weil sie beruflich zusammen zu tun hatten. Wir lachten, hatten Spaß und sprachen über Gott und die Welt. Mir half das, die ganzen negativen Ereignisse, die bis dahin passiert waren, zu verdrängen und mich wieder ein wenig lebendig und lebensfroh zu fühlen. Tage später, nachdem sich die zufälligen Treffen dort häuften, tauschten wir irgendwann die Handynummern aus und schrieben regelmäßig. Er machte einen netten, vertrauenswürdigen, spontanen und witzigen Eindruck auf mich und wusste, wie man Frauen um den Finger wickelte. Wir gingen zusammen essen, unternahmen spontane Dinge zusammen, waren bei mir, dann wieder bei ihm, fuhren hin und wieder irgendwo am Sonntag shoppen in Outlets in die Niederlande. Er ging sehr gern mit mir shoppen, weil er meinen Klamottengeschmack mochte und meine ehrliche Beratung sehr schätzte. In der Woche war nicht besonders viel Zeit dafür, er hatte einen ziemlich verantwortungsvollen Job, hing ständig am Handy oder Notebook. Das nervte mich relativ schnell und so entstanden Konflikte zwischen uns. Wir sprachen darüber und er erklärte mir, dass er als IT-Verantwortlicher auch für Bereitschaftsdienst zuständig war und deshalb immer auf Abruf sein musste. Ich versuchte, mehr Verständnis dafür aufzubringen, glücklich war ich damit jedoch nicht.

Einmal sogar klingelte das Telefon nachts. Beim ersten Klingeln ging er nicht dran, dann klingelte es auch noch ein zweites Mal nach einer Viertelstunde. Ich war aufgrund der Vorgeschichten total verschreckt gewesen und dachte nur, hoffentlich war nichts Schlimmes passiert. Er ging, aus dem Schlaf gerissen, nur kurz dran, sprach etwas auf English und dann war die Sache gegessen. Wir schliefen weiter. Als ich am nächsten Morgen fragte, was denn in der Nacht so Dringendes gewesen sei, dass jemand angerufen habe, sagte er nur, das seien seine Eltern gewesen. Da sie im Ausland lebten, Zeitverschiebung zwischen den Kontinenten vorhanden war, glaubte ich ihm das, fand das aber trotzdem ein wenig merkwürdig. Die Anrufe wiederholten sich. Dann war es mal seine Schwester, die in England lebte, mit nur einer Stunde Zeitumstellung, dann wieder jemand anders. Ich fand das einfach nur sehr merkwürdig und machte mir meine Gedanken darüber. War er wirklich ehrlich zu mir?

Schon ziemlich zu Anfang, als wir uns in der türkischen Imbissbude unterhalten hatten, erzählte er mir, dass seine Eltern zu Besuch kommen und er über Weihnachten und Neujahr nach New York fliegen würde, um seine Familie zu besuchen. Irgendwann Mitte Dezember kamen dann die Eltern, ich hatte die Ehre, sie kennenzulernen. Wir gingen zusammen essen und unternahmen viele Dinge gemeinsam mit ihnen. Sie waren nett zu mir, die Gespräche fanden auf Englisch statt und waren deshalb nicht so intensiv. Ich würde es eher als oberflächlich bezeichnen. Da er ein sehr großzügiger Mensch war, musste/durfte ich nie etwas bezahlen, wenn wir zusammen unterwegs waren.

Um mich ein wenig für seine Ausgaben und seine Großzügigkeit zu revanchieren, lud ich seine Eltern zu mir nach Hause zum Essen ein. Sie kamen gern und wir hatten einen schönen Nachmittag. Monsieur hatte unter anderem nichts Besseres zu tun, als seinem Vater meine Wohnung zu zeigen, ihm meinen Kleiderschrank aufzumachen und mit meiner Ordnung anzugeben. Mir war das so unangenehm, aber er war voller Stolz, dass er vor seinen Eltern mit mir angeben konnte. Ein Blender halt.

Kurz vor Weihnachten dann fuhr ich sie zum Flughafen, er überließ mir sein Dienstfahrzeug und die Wohnungsschlüssel, um nach der Post und den Pflanzen zu schauen. Wir verblieben so, dass er mir ein Lebenszeichen geben sollte, sobald sie dort glücklich angekommen waren. Das tat er auch. Unmittelbar nach der Ankunft, auch wenn nur per SMS. Dann wurde es ziemlich still um ihn. Kein Anruf, keine SMS, nichts. Irgendwann griff ich dann zum Telefon, erwischte ihn aber irgendwie in einem unglücklichen Moment und wir hatten nur eine ganz kurze Gelegenheit, zusammen zu sprechen. Es war wohl alles okay, sie waren halt nur viel unterwegs. Mir war klar, dass wir es mit Zeitverschiebung zu tun hatten, sie viel bei Verwandtschaft waren, natürlich auch die Stadt und Umgebung erkundeten bzw. besichtigten und alles viel aufregender war, als am Telefon zu hängen. Dieser wenige und sporadische Kontakt blieb dann auch bis zu der Rückkehr im Januar so. Ich holte sie wieder alle vom Flughafen ab. Die Eltern blieben noch ein paar Tage oder eine Woche da und erst dann flogen sie wieder in die Heimat. In der Zeit, wo die Eltern da waren, hatte ich aus Platzgründen nicht bei ihm übernachtet und von daher das mit den Telefonaten und Anrufen in der Nacht nicht mehr so im Kopf gehabt. Ich erklärte es mir damit, dass es wohl mit der gemeinsamen Reise in die USA zu tun gehabt haben musste.

Nachts kam das auch fast gar nicht mehr vor, aber es gab eine Situation, wo ich vor Wut und Enttäuschung innerlich kochte. Und zwar kamen wir eines Abends bei ihm in der Tiefgarage an, stiegen in den Aufzug und sein Handy klingelte. Er ging dran und ich hörte, natürlich neben ihm stehend, dass eine Frau am anderen Ende war. Ich ließ das über mich ergehen und als wir an der Tür angekommen waren, fragte ich ihn während des Gesprächs nach dem Wohnungsschlüssel. Er war beschäftigt, also wollte ich die Tür aufmachen, aber auch bewusst ein Signal setzen und auf mich aufmerksam machen. In dem Moment realisierte ich nur noch, wie er auf Englisch sagte: »Das war eine Putzfrau«, hielt sich kurz und legte auf. Ich schluckte, dachte mir mein Teil dazu und wusste von dem Moment an, hier stimmte etwas mit seiner Ehrlichkeit nicht. Ein paar Tage später, als ich es verdaut und über das Ganze nachgedacht hatte, versuchte ich, ihn zur Rede zu stellen. Er wich mir jedoch ständig aus, ihm gingen die Argumente aus und so entstanden immer öfter Konflikte zwischen uns.

Ich weiß noch, im Januar an meinem runden Geburtstag waren wir essen gegangen, aber der Abend war irgendwie künstlich und nicht wirklich nett. Er wurde auch vorsichtiger, ging oft nicht ans Telefon in meiner Gegenwart, drückte die Gespräche weg oder ging nur kurz dran, sagte, er sei verhindert und rufe zurück. Ich spürte im tiefsten Inneren, dass er mir etwas verschwieg und nicht ehrlich zu mir war, beweisen konnte ich es ihm jedoch nicht. Als er mir dann irgendwann im Februar mitteilte, dass er im März nach NY zu einer Schulung müsste, war die Sache für mich ganz klar. Ich führte natürlich mit ihm Diskussionen, die ihm absolut nicht in den Kram passten, und fragte, was das für ein wichtiger und einmaliger Lehrgang sei, den man nicht in Deutschland oder Europa absolvieren konnte.

Es kamen Ausreden, die mir echt zu blöd waren, und ich beließ es dabei, dachte mir nur: »Ich finde es schon noch heraus.«

Im März flog er hin, meldete sich wieder nur ganz wenig und sporadisch und hatte ständig andere Ausreden, warum er nicht erreichbar war. Ich hatte wieder das Auto, den Wohnungsschlüssel und war hin und wieder wegen der Post und den Pflanzen hingefahren. Diese ganze Situation ließ mir jedoch einfach keine Ruhe und ich fing an zu schnüffeln. Ich öffnete eine Schublade im Flur, und musste nicht lange suchen, da hatte ich sie, die Antwort auf mein ganzes ungutes Gefühl und meine Skepsis. Meine Knie wurden weich, die Tränen überkamen mich in Sekundenschnelle und ich setzte mich total verzweifelt vor der Kommode hin, schluchzte laut und übergab mich sogar. Ich glaubte, ich sei im falschen Film. Voller Wut und totaler emotionaler Ausbrüche griff ich zum Handy und versuchte, ihn zu erreichen, natürlich ohne Erfolg. Ich weiß gar nicht mehr, wie spät es damals in NY war und ganz ehrlich, das war mir in dem Moment auch scheißegal. Ich hinterließ ihm total verheult eine Nachricht auf der Mailbox und bat um

Rückruf. Anscheinend merkte er an meiner Verfassung, dass es ernst ist und rief mich im Verlaufe des Abends zurück. Es schoss nur so ungefiltert aus mir heraus. Ich schrie ihn total an, brüllte schon fast. Er meinte nur, es sei alles nicht so, wie ich dachte, ich sollte mich doch beruhigen und wir würden darüber sprechen, wenn er wieder da sei. Es ist nicht so, wie ich denke?, dachte ich nur. Will er eigentlich jetzt noch aus mir eine Idiotin machen?, ging mir nur durch den Kopf. Glaubt mir oder glaubt mir nicht, er war, als er im Dezember dort war, Vater eines Sohnes geworden. Ich hatte den Beweis, schwarz auf weiß, da eine Art Danksagekarten gedruckt worden waren und sein Name darauf stand. Den Namen habe ich bis heute in meinem Gedächtnis gespeichert. Es gab unzählige davon, anscheinend sollte er diese an seine ganze Familie verschicken, war aber noch nicht dazu gekommen und deshalb waren die Karten noch da.

Das kurze Gespräch am anderen Ende der Welt war schnell zu Ende. Ich saß wie ein Häufchen Elend da und alle möglichen Gedanken schossen mir durch den Kopf. Nun schloss sich der Kreis und ich konnte mir die Frage auf die Anrufe in der Nacht und noch viele andere Situationen in meiner Gegenwart selbst erklären. So ein Arschloch und Feigling, dachte ich mir nur, warum hatte er nicht mit mir darüber gesprochen, wenn es nicht so war, wie ich dachte? Wofür diese ganzen Geheimnisse und die ganzen Lügen? Hatte er geglaubt, dass ich so ein kleines, naives Dummchen war und nichts hinterfrage und im zwanzigsten Jahrhundert nichts herausfinde? Ich glaube, das hat er wirklich geglaubt beziehungsweise gehofft.

Voller Verzweiflung, so verletzt, missbraucht und enttäuscht worden zu sein, rief ich meine gute Freundin und Arbeitskollegin aus Düsseldorf an. Sie ging vor lauter Wut fast an die Decke, fragte, wo ich war, und bot mir an, mich dort sofort abzuholen, damit wir reden konnten. Eine halbe Stunde später war sie da. Ich ließ den Wagen da, den Schlüssel musste ich dummerweise mitnehmen, was automatisch ein Wiedersehen mit ihm bedeutete. Wir fuhren zu mir und sie bestärkte mich darin, das Ganze sofort zu beenden. Was ich auch tat. Ich schrieb ihm nicht mehr, reagierte nicht auf seine Nachrichten, wenn welche kamen, und in der Zwischenzeit, als ich im Kopf wieder ein wenig klarer wurde, beschloss ich, seinen Wohnungsschlüssel dem Bekannten aus der Imbissbude zu überlassen. Er holte ihn bestimmt vom Flughafen ab, dachte ich, somit passte das ganz gut. Die Tage vergingen, mir kam es allerdings vor wie eine Ewigkeit. Ich wollte doch schließlich ein klärendes Gespräch mit ihm haben und die Antwort auf das Warum. Ich wusste ungefähr, wann er zurückkommen wollte und kontaktierte ihn das Wochenende drauf und bat um ein Gespräch. Ganz ehrlich weiß ich nicht mehr, wo wir es abgehalten haben. Ich glaube, wir waren etwas trinken gegangen. Ich war immer noch stinkwütend auf ihn und wollte einfach nur wissen, warum er mir das angetan hatte. Warum hatte er mich die ganze Zeit angelogen und mir die ganze Zeit nur etwas vorgespielt? Er erklärte mir daraufhin seinen Standpunkt und dass er Angst hatte, dass ich ihn nicht kennenlernen wollte, wenn er mir erzählt hätte, was passiert sei und wie die Situation war. Für mich war das ein ganz großer Vertrauensbruch und ich hatte in dem Moment kein Verständnis für ihn und die ganze Situation. Ich war restlos überfordert und der Meinung, dass er immerhin Vater geworden war und eine bestimmte Verantwortung auf ihm lastete und immer lasten würde. Er sah es relativ sportlich, wahrscheinlich auch, weil diese Angelegenheit weit weg war und diese Frau sehr unabhängig. Er setzte mich zu Hause ab und von da an trennten sich unsere Wege. Hin und wieder gab es mal eine sporadische SMS, auf die ich, wenn überhaupt, sehr sachlich einging. In den ersten Monaten beziehungsweise den Wintermonaten hatte ich noch starken Kummer. Mit dem Frühling und den Sonnenstrahlen sortierte ich mich, ging aus, hatte Spaß und lernte nette Männer kennen. Mit einem netten Mann hatte ich dann die Handynummer ausgetauscht und wir schrieben und schrieben und lernten uns ein wenig über SMS kennen. Er hatte öfter nach einem persönlichen Wiedersehen gefragt, ich hatte ihn aber immer vertröstet, weil ich einfach noch nicht so weit war. Als der andere merkte, dass er mir völlig egal geworden war, fing er wieder an zu stürmen. Plötzlich schrieb er wieder jeden Tag SMS, hatte sich nach mir und allem erkundigt und wollte ausgehen. Ich war natürlich total hin- und hergerissen und stand zwischen zwei Stühlen, was normal überhaupt nicht meine Art war. Aber eigentlich hatte ich überhaupt kein schlechtes Gewissen, weil die Sache beendet war und ich dachte auch, keine Gefühle für ihn mehr zu haben. Das andere lief natürlich weiter und ich hatte dann irgendwann endlich einer Verabredung zugestimmt und wir hatten einen Tag und Uhrzeit abgemacht. Im Nachhinein könnte ich meinen, dass mein Handy angezapft worden war. Mit angezapft meine ich, dass eine Überwachungssoftware drauf gespielt worden war. Schließlich war er bei einem Handyriesen in Düsseldorf beschäftigt und vom Fach. Plötzlich und wie aus dem Nichts an dem Tag – es musste ein Wochentag nach der Arbeit gewesen sein – hatte ich mich zum Ausgehen für diese Verabredung fertig gemacht, als es an der Tür klingelte und er mit Blumen vor der Tür stand. Noch im Anzug, grade selbst von der Arbeit gekommen, als wenn nichts gewesen wäre, und hatte mir ganz viel zu sagen. Er merkte jedoch, dass ich unter Zeitdruck stand und wegwollte, fing jedoch an, mich um den Finger zu wickeln. Komplimente sprühten nur aus ihm so raus, gierige Blicke und Liebkosungen waren Programm. Ich weiß nicht, wie und warum, aber in dem Moment war der ganze Schmerz, die vielen Tränen und Kummer vergessen und wir fielen übereinander her. Ja, in der Tat, es war passiert, und das, obwohl ich in derselben Stunde mit dem anderen verabredet war. Wie peinlich, euch so etwas erzählen zu müssen, aber es gehört einfach zum Leben und zu der Geschichte dazu.

Ich hatte es natürlich nicht geschafft, dem anderem vorher etwas zu schreiben und eine Ausrede zu finden, dass ich doch nicht kommen konnte bzw. würde. Später, als ich auf das Handy schaute, hatte ich einen Anruf und eine SMS von ihm mit der Frage, wo ich denn bleiben würde. Ich schrieb zurück, dass es mir leidtäte, aber etwas dazwischengekommen sei und ich nicht hatte kommen können. Es kam nur flüchtig etwas zurück, er klang sehr gekränkt und verletzt und ich hörte nie wieder etwas von ihm.

Der Ex und ich hatten es noch einmal versucht, jedoch hatte mich relativ schnell wieder der Vertrauensbruch eingeholt. Ich hinterfragte vieles und hatte oft meine Zweifel. Er gehörte einfach auch zu den Männern, die sich nicht festlegen wollten und gern auf mehreren Hochzeiten tanzten. Er hatte mir auch mal so zwischen Tür und Angel gesagt, dass man schließlich auch zwei Frauen lieben könnte und so schätzte ich ihn auch später ein. Einmal gab es einen ganz heftigen Streit, wo ich die Tür hinter mir zuknallte und ging. Ich wollte diese ganzen Auseinandersetzungen nicht mehr, war es auch irgendwo leid, mit einem erwachsenen Menschen über so Grundprinzipen in einer Beziehung sprechen zu müssen. Das war der einzige Lebensabschnittspartner in meinem Leben, der mit zehn Jahren älter war als ich. Bisher zumindest, aber wer weiß, was das junge Leben noch bringt.

Kapitel 7

Den darauffolgenden Herbst und beginnenden Winteranfang verbrachte ich allein. War viel mit meiner Ersatzmutti oder anderen Freundinnen in Düsseldorf unterwegs. Wir hatten ganz viel Spaß, erlebten ganz viele tolle Dinge und der ganze Kummer und Trubel um diesen Typen war relativ schnell verflogen. Zum Geburtstag im Januar gönnte ich mir ein paar Tage Auszeit und fuhr in den Raum Eifel zur Wellness. Ich liebte Wellness und konnte dabei relativ schnell entspannen und neue Energie tanken. Dort blieb ich nicht lange unentdeckt und obwohl ich überhaupt kein Abenteuer suchte, geschweige denn wollte, interessierte sich der Barkeeper des Hotels für mich. Irgendwann klopfte es an der Tür. Ich machte natürlich nicht auf, weil ich keinen erwartete und es als Versehen abhakte. War es anscheinend aber doch nicht und am nächsten Morgen sah ich es erst. Ein Zettel, der unter der Tür durchgeschoben wurde und an mich gerichtet war. Ich bekomme es nicht mehr zusammen, was da draufstand, nur dass ich doch mal bitte an die Bar kommen sollte. Ich hatte zwar an dem Tag der Anreise etwas an der Bar getrunken und wurde auch nett bedient, aber ein besonderer Typ war mir dabei nicht in dem Kopf hängengeblieben. Ich ging an den Abend hin, er war aber nicht da, weil er seinen freien Tag hatte. In dem Moment war ich schon ein wenig enttäuscht. Schließlich wollte ich wissen, wer hinter dieser Nachricht steckte. Aber nun, jetzt musste ich den nächsten

Abend abwarten. Mit großer Neugier und einer gewissen Anspannung ging ich am nächsten Tag wieder hin und setzte mich an die Bar. Er war da, und als er mich bemerkte, kümmerte er sich gleich um mich. Nahm die Bestellung auf, fing ein Gespräch an und machte Witze. Er versuchte, seine Nervosität zu überspielen, aber es gelang ihm nicht wirklich. Er war so neben der Spur, dass sogar ein Glas »zu Bruch ging«. Neben seiner Arbeit, der er natürlich nachkommen musste, suchte er immer wieder das Gespräch. Was ich denn den ganzen Tag machen würde, warum ich allein da sei, woher ich komme und was ich beruflich mache. Halt all so belanglose Dinge. Als ich dann gehen wollte, fragte er, wie lange ich noch bleibe und ob ich morgen wieder an die Bar kommen würde. Ich versicherte nichts und ließ es mir offen. Nächsten Tag machte ich Wellness, war schön zum Abendessen und danach ging ich für einen Absacker an die Bar. Er hatte Dienst und wurde um eine Nummer größer, als er mich sah. An dem Abend war es aber erstaunlich voll und er hatte somit viel zu tun. Man merkte ihm an, dass ihn das voll ankotzte, weil er es viel lieber ruhiger gehabt hätte, mit mir zu quatschen. Aber nun, der Job ging halt vor. Irgendwann ging ich dann aufs Zimmer und verabschiedete mich von ihm. Nächsten Morgen hatte ich wieder einen Zettel, der unter der Tür geschoben worden war. Darauf stand sein Name, seine Handynummer und dass er mich wiedersehe möchte.

Am nächsten Tag checkte ich aus und auf dem Weg nach Hause hatte ich ganz viel Zeit, um über die Zeit im Hotel und diesen Mann nachzudenken. Ganz ehrlich,

ich war irgendwie nicht in der Stimmung, aber auch nicht überzeugt. Wisst ihr, wie ich meine, es hat nicht Klick gemacht.

Die neue Woche begann und ich ging wieder meinen Verpflichtungen nach. Arbeit, Sport, Haushalt, halt alles, was so anfiel. Hin und wieder verlor ich einen Gedanken an ihn, aber ich war einfach noch nicht in der Stimmung für Neues. Keine Ahnung, woher oder wie er an die Handynummer kam, auf jeden Fall hatte ich Mitte der Woche eine SMS von ihm erhalten, dass er am Sonntag frei hätte und mich gern sehen würde. Er hatte an der Rezeption einen Verbündeten, einen Kumpel, der auch noch auf der Suche war. Er war Nachtportier und konnte alle Daten der Hotelgäste einsehen. Wahrscheinlich hatte ich die Handynummer bei der Reservierung hinterlegen müssen. Wie auch immer, er ließ nicht locker. Die Gedanken kamen und gingen; sollte ich antworten, sollte ich nicht? Auf jeden Fall ließ ich ihn bis zum Abend zappeln, bis ich dann beschloss, dass ich doch eigentlich nichts zu verlieren hatte. Wer so viel Aufwand betrieb und sich so viel Mühe machte, verdiente eine Chance. Ich schrieb, dass ich Sonntag bereits zum Theater verabredet sei und keine Zeit hätte. Er antwortete darauf hin, dass er doch nur am Sonntagmorgen kommen könne und wenn ich gehen musste, er dann wieder fahren würde. Okay, dachte ich mir, nicht ich muss über einhundert Kilometer fahren, sondern du. Somit stand das erste Date fest. Die restlichen Tage der Woche schrieben wir SMS und tauschten Informationen zu unterschiedlichen Themen aus. Lustig war, dass die

Antworten erst immer gegen Abend kamen, weil er erst dann im Hotel war und sein Kumpel für ihn antworten konnte. Er war Italiener und sprach nicht so gut Deutsch, obwohl er davon sehr überzeugt war, sodass ihm das Schreiben bestimmt noch schwerer fiel, er aber doch einen guten Eindruck hinterlassen wollte. Sonntag stand er wie besprochen pünktlich vor der Tür, ich musste ihm nicht mal die Adresse schreiben. Man konnte es ihm anmerken, dass er sehr nervös war. Er wollte nichts falsch machen und brachte sogar Geschenke mit, gleich drei davon. Einen Blumenstrauß, Pralinen und – haltet euch bitte fest – einen Sprachkurs Italienisch. Ich freute mich, dass er sich so viele Gedanken gemacht hatte, aber über die Italienischbücher musste ich schmunzeln. Ich dachte nur, du hast es aber eilig, mein Junge. Wir gingen raus und tranken in einem Café bei mir um die Ecke etwas und tauschten uns aus. Teilweise musste ich es zweimal wiederholen, weil er nur die Hälfte verstand. Die Zeit verging ganz schnell und er brachte mich immer wieder zum Lachen. Das fand ich sehr erfrischend. Irgendwann musste ich dann sagen: »Sorry, aber ich muss gehen, weil ich mich noch umziehen und fertig machen muss für die Verabredung, die ich habe.« Er verstand es und brachte mich bis zur Tür. Wir verabschiedeten uns und er gab mir einen Kuss auf die Wange und sagte, dass er mich wiedersehen möchte und lud mich zu sich ein. Ich war überrascht und nicht so wirklich schlagfertig und sagte nur, wir würden schreiben. Dann öffnete ich die Haustür und ging hoch. Die Enttäuschung war ihm ins Gesicht geschrieben. Er dachte wohl, er könnte mit hoch oder bekäme wenigstens einen Kuss. Aber nichts da. Ich blieb hart und wollte es nicht gleich so ganz losgehen lassen.

Ich machte mich frisch, zog mich um und machte mich für den Ausgang ins Theater fertig. Das war mein nachträgliches Geburtstagsgeschenk von einer lieben Freundin aus Düsseldorf, die ich »Mutti« nannte. Sie wusste, dass ich im Wellness-Kurzurlaub jemanden kennengelernt hatte und auch, dass er an dem Tag am Vormittag kommen wollte. Sie holte mich ab und wollte natürlich alles wissen. Wie er war, wie es war, ob ich mir vorstellen konnte, dass daraus mehr würde und so weiter. Sie kannte die Vorgeschichte mit dem davor und war auch diejenige, die mir über die schwere Zeit mit vielen Gesprächen und Ablenkung sehr geholfen hatte. Wir hatten zu der Zeit in Düsseldorf viele tolle Sachen gemeinsam unternommen. Theater, Kino, Open-Air-Musikveranstaltungen, Essen gehen und halt die Düsseldorfer Altstadt.

Wir hatten im Theater einen tollen Nachmittag und waren danach noch schön essen gegangen und hatten in der Altstadt ganz sicher noch eine Kneipe mitgenommen. Es wurde nämlich spät. »Aber es war toll!«

Wir waren im ständigen Kontakt und Austausch. Sie wusste vieles über mein Leben und die Probleme und ich über ihres, sodass, als sich die Dates und die Kennenlernphase mit dem Italiener wiederholten, ich ihr natürlich den zukünftigen Schwiegersohn vorstellen musste. Schwiegersohn deshalb, weil sie war viele Jahre älter als ich und sich selbst gegenüber den jüngeren Menschen, mit denen sie zu tun hatte, »Mutti« nannte.

Es war auch ein Sonntag, wo er zu Besuch kam, und wir verabredeten uns mit Mutti in Benrath zum Eis essen. Es war lustig, der Italiener machte viele Witze und wir lachten viel und machten Bilder. Mutti hatte immer eine Kamera dabei. Sie liebte es, Fotos zu machen, sie zu vervielfachen und später dann zu verschenken. Irgendwann ging der Nachmittag zu Ende, ich weiß gar nicht mehr, ob er dann nach Hause fuhr, weil er arbeiten musste, oder ob wir noch bei mir blieben. Da er oft am Wochenende, also zumindest den Samstagabend, arbeiten musste, war ich an den Wochenenden mehr bei ihm gewesen als er bei mir. Es war eine ländliche Gegend, mit einem großen Golfplatz, diesem Hotel und einem guten italienischen Restaurant, wo man sehr gut essen konnte. Wir waren zusammen und so vergingen die Zeit und die Wochen. Jeder ging seinen Verpflichtungen nach und die freie Zeit verbrachten wir zusammen. Wie das aber immer so im Leben war, hatten wir es einfach und gemütlich, ohne Stress und mit einer ganz normalen Kennenlernphase haben wollen, aber nein, es kamen wieder Ereignisse dazu, die zumindest mein Leben total umkrempelten.

Weil ich mich nämlich gut ein Jahr vorher, bevor ich ihn kennengelernt hatte, in München um eine Stelle beworben hatte. Ich wollte berufliche und räumliche Veränderung und hatte mir als nächstes Ziel München in den Kopf gesetzt. Obwohl ich nie vorher in dieser Stadt war, zog mich etwas magisch an. War auch damals zu Gesprächen gefahren, die Entscheidung jedoch war intern gefallen und ich bekam eine Absage. Damals machte es mich traurig, weil ich gern einen Strich unter die ganzen Enttäuschungen gemacht und in München neu angefangen hätte. Aber es sollte halt zu diesem Zeitpunkt nicht sein und ich musste die Situation so nehmen, wie sie kam.

Eben jetzt, wo ich einen Freund hatte und wir dabei waren, uns kennenzulernen, erhielt ich einen Anruf aus München und das Angebot, die Stelle anzutreten. Ich weiß noch ganz genau, dass ich an dem Tag zu Hause war, weil ich in der Woche krankgeschrieben war. Ich fiel aus allen Wolken und war so glücklich, dass ich es euch gar nicht beschreiben kann. Als ich auflegte und alles am Telefon bereits geklärt war, gingen mir schon Gedanken durch den Kopf, wie ich es meinem Freund beibringen sollte und wie ich am besten alles organisierte. Ein neues Projekt war geboren und ich war darüber sehr glücklich.

Beim nächsten Treffen, welches wegen der Krankmeldung bei mir stattfand, fasste ich all meinen Mut zusammen und erzählt ihm, was in den letzten Tagen passiert war und was für eine tolle Nachricht ich erhalten hatte. Er sagte sofort, ohne zu zögern: »Gut, dann suche ich mir auch eine neue Arbeit in München und komme mit.« Für ihn kam eine Fernbeziehung überhaupt nicht infrage und außerdem war er nicht wirklich glücklich in dem Wellnesshotel. Er sagte immer: »Nur alte Leute.« Was das auch immer heißen sollte. Ich war, glaube ich, sprachloser als er, dass er so einfach und unkompliziert war. Das rechnete ich ihm echt hoch an. Vor allem, weil wir nur so kurz zusammen waren und uns quasi kaum kannten. Aber auf der anderen Seite war ich nach den ganzen Enttäuschungen glücklich, dass er so entschlossen war und diesen Schritt und dieses Risiko für mich eingehen wollte. Gesagt, getan. Er suchte in München Arbeit und ich für uns eine neue Wohnung und ein Umzugsunternehmen. Deshalb, weil Mr. Italiano konnte super Cocktail mixen, aber handwerklich war er überhaupt nicht begabt, und außerdem wollte ich nicht schon wieder für so eine lange Strecke meine Brüder engagieren.

Aus der Krankheit zurück im Büro kündigte ich erstmal meinen Job in Düsseldorf und sprach mit den Verantwortlichen, ob ich früher aus dem Vertrag entlassen werden konnte, weil der Job in München direkt zur Verfügung stand. Ich weiß nicht mehr genau, aber einen Monat früher kam man mir, glaube ich, entgegen. Viel früher hätte es eher wegen der ganzen Organisation keinen Sinn ergeben. Einen bezahlbaren Umzugsunternehmer zu finden, aber auch eine Wohnung in München war echt nicht ohne und eine Herausforderung. Tagelang saß ich am Computer und wälzte alle erdenklichen und möglichen Internetseiten wegen der Wohnung. Aufgrund der Entfernung war es nicht mal eben so getan, eine Wohnung zu besichtigen, deshalb musste ich anhand der im Internet zur Verfügung gestellten Bilder schon eine Vorselektion treffen. Mr. Italiano hatte mir da voll und ganz vertraut, und das, obwohl wir vorher überhaupt nicht über den Preis der Wohnung gesprochen hatten, und hatte mich meine Auswahl treffen lassen. Die Auswahl war sehr dünn gesät, entweder zu weit außerhalb vom Zentrum oder viel zu teuer. Irgendwann nach Stunden vor dem PC war ich dann auf eine schöne und bezahlbare Wohnung aufmerksam geworden, für die ich dann auch einen Besichtigungstermin ausgemacht hatte. Ich glaube, ich musste damals auch allein hin, weil er schon vorher wegen diversen Vorstellungsgesprächen dorthin musste und wegen der Arbeit nicht immer so flexibel war.

Na ja, es war nicht meine Traumwohnung, aber sehr zentral, sogar nicht weit von der neuen Arbeitsstelle und vor allem bezahlbar. Ich weiß noch ganz genau, wie diese Wohnung geschnitten war. Es war ein Altbau, erste Etage, man ging eine breite Treppe hoch mit so einem schweren, wuchtigen Geländer aus einem ganz tollen, dunklen, geschnitzten Holz. Die Tür war auch aus massivem Holz, was mich ein wenig beruhigte, weil ich in den Abendstunden doch relativ oft allein war. In der Wohnung angekommen befand sich gleich links der Raum, der als Küche gedacht war. Nicht wirklich groß, und es war mir gleich klar: viel zu klein für meine tolle »Sonnenorange«-Küchenfront. Aber man konnte schließlich nicht alles haben. Aus dem Raum wieder raus ging es über einen langen, schmalen Flur weiter, der irgendwann einen Knick machte und wieder auf der linken Seite befand sich das Badezimmer. Ein Innenraum, also ohne Fenster, aber alles neu saniert und sehr schön und großzügig gemacht. Ein Stück weiter, wieder auf der linken Seite, ein großer Raum mit zwei schmalen, tiefergelegten Fenstern war dann das Wohnzimmer. Quadratisch, praktisch, gut. Gleich hinter dem Wohnzimmer, natürlich auch links, war dann der letzte Raum, der als Schlafzimmer gedacht war. Zusammengefasst: Die Fenster waren alle zum Innenhof hin und der ganz lange Flur entlang der 70 qm war dunkel.

Ich scannte die ganzen Winkel und Räume und legte mir schon vor Ort im Kopf zusammen, was es für Stellmöglichkeiten gab oder nicht. Auch hatte ich mich gleich wohl in der Wohnung gefühlt und auf dem Weg mit dem Zug nach Hause die Eindrücke Münchens verarbeitet und mich wie ein kleines Kind gefreut. Zu Hause angekommen, gab es noch am selben Tag eine Lagebesprechung mit Mr. Italiano und wir waren uns einig, dass wir uns für diese Wohnung bewerben möchten. Gesagt, getan. Die Entscheidung war auch relativ schnell gefallen und wir bekamen diese Wohnung. Somit konnte ich Punkt eins abhaken und mich nun voll und ganz dem Punkt zwei widmen. Auch hier arbeitete ich tage- und nächtelang die Internetseiten durch, um ein Umzugsunternehmen nach München zu finden. Der neue Arbeitgeber hatte mir zwar zugesichert, sich mit einer pauschalen Summe an den Umzugskosten zu beteiligen, aber selbst dann war es immer noch ein Brocken, der von uns getragen werden musste. Irgendwann bekam ich dann einen Tipp, dass es eine Seite so ähnlich wie Ebay gab, wo man Handwerker-Dienstleistungen ersteigern konnte. Über die hatte ich dann tatsächlich eine Firma für diesen Auftrag gefunden. In der Regel war es kein richtiges Umzugsunternehmen, sondern ein Transporteur, der zu diesem Zeitraum in Düsseldorf etwas entladen hatte und eine Ladung für den Rückweg suchte. Ein Zuständiger war sich die Sachen anschauen gekommen und hatte mir schriftlich die Demontage, den Transport, das Hochtragen und den Aufbau zugesichert. Eine Vorauszahlung war geflossen und in Düsseldorf hatte auch alles am gewünschten Umzugstag super geklappt. Samstags, Ende Juni 2008 fand dann der Umzug nach München statt. Wir waren dann auch gleich mit zwei Autos losgefahren und waren zeitlich vor dem Transporter in der neuen Wohnung angekommen.

Es war für alle Beteiligten megaanstrengend. Für mich, die in jeder Ecke sein musste, damit nichts vergessen wurde, und überall Rede und Antwort stand, aber auch für die Jungs, die es abbauen und von der vierten Etage ohne Aufzug runterschleppen mussten. Schließlich hatte der Tag sehr früh begonnen, die lange Fahrt nach München, das Hochbringen und dann wieder das Aufbauen. Irgendwann dann gegen 22:00 Uhr war das Gröbste getan und die Männer wollten gern den nächsten Abschlag haben und Feierabend machen, was ich voll und ganz nachvollziehen konnte. Wir waren dann so verblieben, dass noch jemand von den Herren am Montag kommen würde, um den Rest zu machen. Ich glaubte ihnen, was blieb mir auch anderes übrig. Da noch eine kleine Restsumme offen war, wartete ich am Montag zu vereinbarter Stunde vergeblich und ans Telefon ging keiner mehr dran. Somit war der Fall für mich klar, dass ich mir jemanden anders für den Rest suchen musste. Da der Preis für den ganzen Aufwand wirklich sehr attraktiv und fair war, hatte ich da nichts mehr unternommen. Hätte mir jedoch als Kunde Ehrlichkeit und Zuverlässigkeit gewünscht. Denn die ganzen Küchenmöbel waren nämlich noch nicht aufgebaut und das war aufgrund der kleinen Küche noch eine große Herausforderung, wie ich empfand.

Ich nahm vor Ort mit OBI Kontakt auf, schilderte die Lage und die konnten mir relativ kurzfristig einen Handwerker/Schreiner aus ihrem Pool zur Verfügung stellen. Der Herr kam und nachdem wir die Lage, wie ich mir das vorstellte, besprochen hatten, legte er los und die übrigen, restlichen Küchenschränke mussten halt in den Keller. Da ich ja in der Übergangsphase ein paar Tage freihatte, hatte ich die Kartons auch relativ schnell wieder ausgepackt und man konnte sich in der neuen Wohnung wohlfühlen. Zeitgleich hatte Mr. Italiano einen neuen Job in München gefunden, somit war der Start in der neuen Heimat München perfekt.

Ich musste dann noch einmal nach Düsseldorf, um die alte Wohnung zu reinigen und die Wohnungsübergabe zu machen. Dafür machte ich telefonisch einen Termin mit der Vermieterin aus, und alles ging reibungslos über die Bühne. Das Projekt Düsseldorf war damit abgeschlossen. Ich hinterließ eine Handvoll toller Bekannte und Freunde, ganz viele tolle und intensive Stunden, einen Job, den ich gern und immer pflichtbewusst gemacht hatte, aber vor allem auch eine tolle Stadt. Eine Stadt, die mich ganz herzlich aufgenommen, dann aber durch drei große Schicksalsschläge auf eine spezielle Art doch geprägt hatte. Mit dem Flair, der Dynamik und dem Charakter war es der Ort für mich, der genau zu mir und meinem Lebensstil in dem Moment passte, aber auch nach wie vor passen würde. Ich liebte Düsseldorf.

Kapitel 8

In München, Bavaria hatten wir erstaunlich viel Besuch. Kaum waren wir umgezogen, stand Oktoberfest vor der Tür, zu dem eine Freundin mit ihrem Partner aus dem Raum Stuttgart angereist war. Das konnte man sich natürlich nicht nehmen lassen. Für mich war es das erste Mal. Ich fand zwar so Volksfeste ganz toll, aber irgendwie hatte es sich vorher nicht ergeben, um extra dorthin zu fahren. Zumal die Hotels und Unterkünfte weit im Voraus aus diesem Anlass ausgebucht und völlig überteuert waren. Wir waren da als Normalsterbliche – damit meine ich, ohne Dirndl und Co. Hatten ordentlich abgefeiert, waren mit der Bahn sogar noch zurück nach Hause und waren nur noch ins Bett gefallen. Ich drehte mich nur noch mal um, als mein Freund nach Hause kam, der natürlich wegen dem Volksfest voll eingespannt war und nicht freihaben konnte. Somit waren wir nur zu dritt dort. Noch vorher oder gleich nachher kam aus Düsseldorf Mutti mit dem Zug angereist. Sie kannte München aus ihren jungen Jahren ganz gut, da sie mal einen Partner hatte, der in der Münchner Schickeria, was damit auch immer gemeint war, verkehrt hatte. Ich hatte vorher nie etwas davon gehört, lauschte deshalb ihren Erzählungen immer ganz gern. Wir hatten ein paar tolle Tage, lachten viel, machten natürlich Bilder und besichtigten viel im Zentrum von München. Abends kochten wir auch zusammen, Mutti war eine begeisterte Hobbyköchin.

Auch hier konnte Mr. Italiano nicht die Zeit mit uns verbringen, weil er aufgrund der Neueröffnung des Hotels, in dem er angefangen hatte, immer Sonderschichten schieben musste. Für den Moment war es klar und ich hatte Verständnis dafür, doch irgendwann fing es an, mir nicht mehr zu gefallen und ich reklamierte. Auch er stellte relativ schnell für sich fest, dass dieser ganze Einsatz nicht honoriert wurde, kam sich total ausgenutzt vor und war relativ schnell mit der Situation unzufrieden. Dreimal dürft ihr raten, was er begann zu machen. Bingo, natürlich, er hat für sich einen neuen Job gesucht. Erst im Raum München und Umgebung, aber auch im Umkreis von x Kilometern, es war aber wie verhext und nichts zu finden. Oder zu einem Lohn, mit dem man in München definitiv nicht hätte überleben können. So zog es ihn weiter in den Süden. Er fuhr zu Vorstellungsgesprächen, überzeugte und bekam eine Zusage und Einstellung in Basel, Schweiz. Nur vier Monate später hatten wir sie wieder: eine völlig neue Ausgangslage. So war das natürlich nicht geplant, aber was kann man schon im Leben planen? Er – eigentlich *wir* – wollten keine Fernbeziehung, aber nun war sie da. Hatte sich einfach so eingeschlichen, ohne uns vorher um die Meinung zu fragen. Natürlich hatten wir es vorher besprochen und Strategien entwickelt, wie wir es am besten machten, aber es blieb nun mal nichts anderes übrig, als hin- und herzufahren. Da er in der Probezeit war und eine sehr kurze Kündigungszeit hatte und in Basel, Schweiz ab sofort gesucht wurde, gab es kaum eine Übergangszeit.

Zu Beginn konnte er ein Zimmer im Hotel beziehen, bis er etwas gefunden hatte. An seinen freien Tagen, die er bewusst zusammengelegt hatte, kam er nach Hause. Jedoch war ihm die Müdigkeit und die Erschöpfung im Gesicht anzusehen, weil er auch noch neben dem neuen Job für sich eine Bleibe suchen musste.

In meinem Job zeichnete sich auch relativ schnell ein Reinfall ab. Ich merkte, dass ich dort nicht glücklich wurde und auch nicht werden konnte. Neben dem Aufgabengebiet, welches mir als viel interessanter, aber vor allem verantwortungsvoller in den Gesprächen verkauft worden war, wurde mir auch schnell klar, warum es die interne Besetzung nicht mal ein ganzes Jahr dort ausgehalten und den Kopf in den Sand gesteckt hatte. Ich traf vor Ort nämlich eine sehr nette Kollegin, die in dieser Firma schon ganz lange gearbeitet hatte, einen sehr guten Draht zum Chef hatte und ständig bei ihm auf dem Schoß saß, wenn ihr versteht, was ich meine. Zum Anlernen oder Fragen zu beantworten hatte sie grundsätzlich nie Zeit, weil sie dann ständig im Stress war. Mit anderen Worten: Sie suchte einen »Pascha«, der arbeitete, und sie tat nach außen sehr wichtig und unersetzbar. Jeder von euch, der mich kennt, weiß, dass ich mir so etwas nicht lange anschaue. Also was tat ich natürlich? Richtig, einen neuen Job in München suchen. Ich wolle nicht aus München weg, wusste aber nicht, was los war; auch bei mir wollte nichts klappen. Bewerbungen wie wild geschrieben, wenn Einladung erhalten, ins Gespräch gegangen, aber es war wie verhext – es wollte einfach nichts klappen. Mr. Italiano kam das natürlich völlig entgegen, weil er sich darin bestätigt fühlte, dass ich auch nach Basel kommen sollte. Ich ließ mich aber nicht unterkriegen und suchte im Raum München weiter. Weil ich mir sagte: Das kann es einfach nicht gewesen sein. Ich, *wir* hatten doch grade erst einen Umzug hinter uns, der auf mein Energiekonto ging. Aber auch wollte ich gern eine Zeit verstreichen lassen, bis er in seinem Job angekommen war und für sich entschieden hatte, ob er dort blieb oder nicht. Da Monate vergingen, ich keine Reklamationen von ihm hörte und bei mir einfach nichts, aber auch nichts Neues klappen wollte, war klar: Okay dann musste es halt so sein. Ich kündigte den Job noch in der Probezeit, um normal aus dem Vertrag zu kommen. Alles andere wäre mit einer längeren Kündigungszeit verbunden. Man hatte sich nämlich nach der Probezeit mit sechs Monaten absichern wollen. Könnt ihr es fassen? Denn ich konnte es auch nicht. Grade angekommen, eingelebt, wenn man davon schon überhaupt sprechen konnte, war ein neues Projekt geboren. Isaura hatte eine enorme Anziehungskraft für Projekte. Mal kleine, mal größere. Aber nun, wie heißt es so schön: »Was uns nicht umbringt, macht uns nur stärker.« Das ist auch mein Lebensmotto.

Die nächsten Monate vergingen damit, dass wir hin- und herreisten, ich eine Arbeit in Basel suchte und gleichzeitig Ausschau nach einer neuen Wohnung für uns hielt. Denn er hatte sich in der Zwischenzeit ein kleines Apartment in Frankreich gemietet, weil man ihm so geraten hatte. Das kam natürlich auch noch als Herausforderung auf uns zu: neues Land, neue Gegebenheiten und absolut keine Ahnung darüber, wie in der Schweiz die Uhren tickten. Er hatte in der Zwischenzeit viele neue Arbeitskollegen oder aber auch Kunden, die er um Rat fragen konnte und die auch sehr hilfsbereit waren. Ich war aber dauerhaft mit der Lösung Frankreich nicht einverstanden und setzte meinen Kopf durch. Ich war der Auffassung, ich lebe im selben Land, wo ich arbeitete. Auf neue, unnötige Probleme, sprachliche Barrieren und lange Fahrzeiten hatte ich absolut keine Lust. Somit war klar, wenn dann würden wir in den Raum Basel ziehen, und deshalb hatte ich neben Job auch dort eine neue Wohnung gesucht. Gut, dass er sich ein Netzwerk unter Italienern aufgebaut hatte, welches uns bei der Wohnungssuche zugutekam. Denn ohne Vitamin B und ein gutes Wort über die Person war auch das nicht so einfach. Für mich als Deutsche war die Voraussetzung, um in der Schweiz eine Bewilligung zu bekommen, neben einem Job eine Wohnung und eine Krankenkassenversicherung. Bei ihm war es ähnlich, aber er hatte den Vertrag als Erstes in der Tasche und war in der glücklichen Lage, dass der neue Arbeitgeber automatisch die Bewilligung beantragt hatte. Was die gängige Praxis war, wenn neue Angestellten aus dem Ausland kamen.

Ich lebte aus Koffern. In der Woche ging ich meinen Verpflichtungen in München nach und an den Wochenenden war ich entweder nach Basel gefahren oder er war nach München gekommen. Obwohl sich der Schwerpunkt der Reise relativ schnell verlagerte, weil ich/wir in Basel nun mehr zu erledigen hatten. In der Zwischenzeit – es muss im Januar zu meinem Geburtstag gewesen sein – kam noch meine langjährige Freundin mit Familie vom Niederrhein zu Besuch. Wir erkundeten München, waren bei uns um die Ecke in einem tollen Brauhaus lecker essen und verbrachten ein wunderschönes Wochenende zusammen. Dann war Schluss mit lustig und die Zeit des Kartonpackens begann wieder. Da ich an den Wochenenden relativ viel unterwegs war, musste ich es noch in den Abendstunden einbauen. Das Schreiben der Bewerbungen war relativ schnell erfolgreich und ich hatte ab März 2009 einen Vertrag in der Tasche. Es war wieder eine Fondsgesellschaft, aber mit einem anderen Schwerpunkt der Tätigkeit. Ein Umzugsunternehmen war in München für viel Geld auch schnell gefunden worden. Dieses Mal ein professionelles Umzugsunternehmen, das alles aufgenommen und gemessen hatte, und mir ein entsprechendes Angebot unterbreitete.

Die Wohnung, die uns sein italienischer Bekannter vermittelt hatte, konnten wir anschauen gehen und bekamen sie auch. Somit stand dem Umzug nichts entgegen. Es war ein echter Kostenblock, der da auf uns zukam – die Umzugskosten, drei Monatskaltmieten Kaution für die neue Wohnung, das ständigen Hin- und Herfahren und auch wenn ich schon eine vollständige Wohnungseinrichtung hatte, fehlten noch Kleinigkeiten. Hier noch ein Esszimmertisch, da eine Lampe, hier ein Regal. Wie das halt immer so bei Umzügen war. Da wir uns aber die Kosten teilten, ging es irgendwie oder einer von uns streckte vor und man einigte sich irgendwie wegen der

Rückzahlung. Hierbei hatten wir Gott sein Dank keine Probleme und Diskussionen. Es passte immer irgendwie.

Der Vermieter in München war wegen der Kündigung natürlich absolut nicht begeistert, fragte nach, was denn passiert sei, hatte aber für uns Verständnis und legte uns keine Steine in den Weg. Ich hatte natürlich alles fristgerecht gekündigt, aber manchmal hatte man halt nicht so viel Glück, wenn man in eine komplett neu sanierte Wohnung zog und dann wieder innerhalb von acht Monaten auszog. Das war nämlich exakt die Zeit, wo wir bzw. ich in München gewohnt hatte(n). Er noch kürzer, da er ja schon Monate vorher nach Basel bzw. Frankreich wegen der Jobveränderung gezogen war und in München nur noch angemeldet war.

Anfang Februar 2009 war es dann wieder so weit. Es hieß, in München alles hinter sich zu lassen und einen Neuanfang in der Schweiz zu starten. Ganz ehrlich, es tat mir im Herzen schon sehr weh, weil ich München, genauso wie Düsseldorf, zu meinen Lieblingsstädten erklärt habe. Dieses Flair der Stadt, der hohe Freizeitwert, schnell in den Bergen und all diese Annehmlichkeiten, die drumherum waren. Aber wie überall auf der Welt brauchte man ein gutes bis sehr gutes Einkommen, um davon Gebrauch machen zu können. Es sollte halt nicht sein; die Stadt wollte mich dauerhaft nicht haben und mein Schicksal war es, weiterzuziehen.

Gut, dass ich so flexibel war, und wenn ich mich für eine Bleibe, Wohnung entschied, dann fühlte ich mich wohl. Bei dieser neuen Wohnung war es so, dass wir damals aus Frankreich kommend durch einen Ort in der Schweiz –

Gemeinde genannt – fuhren und ich sagte damals: »Hier ist es toll. Hier könnte ich es mir vorstellen zu wohnen.« Wir hatten von dem Ort nichts gesehen, wir waren nur auf der Hauptstraße entlanggefahren, aber es war das reine Gefühl, welches mir Signale sendete. Glaubt es mir oder glaubt es mir nicht, die Wohnung, die wir bezogen, war in dieser genannten Gemeinde, welche an Frankreich angrenzte. Nachdem der Umzug vollzogen war und in der neuen Wohnung alles an Ort und Stelle, konnte man sich wieder wohlfühlen. Da ich im Februar noch komplett die Zeit hatte, war es natürlich – wie konnte es auch anders sein – meine Baustelle, für das Wohlbefinden zu sorgen. Es machte mir aber absolut nichts aus. Ich liebte Projekte, ich liebte das Einrichten und Optimieren, sodass ich voll und ganz in meinem Element war. Die Tage vergingen wie im Schlaf; alles war neu und so aufregend. Wir waren wieder zusammen unter einem Dach und meisterten all diese Hausforderungen. Anmelden, Krankenversicherung abschließen, Handyvertrag und all die Gänge, die in der neuen Heimat erforderlich waren, um anzukommen. Ende des Monats musste ich noch einmal wegen der Wohnungsübergabe nach München. Natürlich war ich mit dem Zug und allein gefahren, da er arbeiten musste. Ich hatte mir vor Ort das eine oder andere zum Putzen dagelassen und einen Putzeimer und Besen von der netten Nachbarin nebenan für den Moment des Reinigens geliehen. Auch diese Wohnungsübergabe ging reibungslos über die Bühne und als ich, beziehungsweise die Dame von der Verwaltung, die Tür hinter uns schloss, war das Projekt München endgültig abgeschlossen und ich fuhr noch am selben Tag mit dem Zug wieder nach Hause. Eigentlich gab es keine Zeit zum Nachdenken; die freien Tage waren vorbei und ich war schon gedanklich im neuen Job. Ich stellte mir innerlich die Fragen: »Wie werde ich aufgenommen? Was erwartet mich dort definitiv für ein Aufgabengebiet? Habe ich nette Kollegen und Vorgesetzte?« Das alles ging mir im Zug durch den Kopf. Denn nach der beruflichen Pleite in München war es nicht ganz irrelevant.

Der 1. März war der vereinbarte Arbeitstag und ich erschien wie vorher telefonisch besprochen zur abgemachten Uhrzeit. Die Begrüßung war herzlich und mit Klärung von administrativen Dingen verbunden. Danach wurde ich in die Abteilung, wo ich arbeiten sollte, gebracht. Dort nahm mich die Teamleiterin in Empfang und stellte mich im Team vor. Das Team war relativ groß, viele neue Gesichter und Namen, die ich mir sowieso am ersten Tag nicht wirklich merken konnte. Die Leute schienen alle relativ offen und hilfsbereit zu sein. Aber vor allem auch neugierig, wer da Neues ins Team kam. Nachdem das dann geschafft war, hatte man sich die Zeit genommen, um mir das ganze Archivierungssystem für diesen Bereich zur erklären. Ungelogen, wir standen stundenlang vor einer Schiebewand und man hatte mir bis ins kleinste Detail erklärt, nach welchem System die Unterlagen abgelegt und archiviert wurden. Ich kam mir wie eine Auszubildende vor, die gleich als Erstes die Ablage machen durfte.

Ich dachte mir nur: »Oh Mann, herrscht hier wohl ein Stress. Im ironischen Sinne, dass hochbezahlte Leute die Zeit haben, mit mir vor dem Regal zu stehen, und stundenlang zu quatschen.« Aber die Gedanken hatten Kraft und meine hatten es mir schon wie im Voraus signalisiert. Ich durfte in der Tat als Erstes die Schiebetüren betätigen und stapelweise Dossiers einordnen. Ein ganz toller Job, sage ich euch. Aber nun, da musste ich an diesem Tag durch. Schließlich auch ein Job, der gemacht werden musste. In den nächsten Tagen durfte ich bei unterschiedlichen Kollegen/Kolleginnen daneben sitzen und zuschauen. Das ging dann die nächsten vierzehn Tage so. Man wurde in unterschiedliche Mandate eingeführt, die auch unterschiedliche Herausforderungen und Schwerpunkte hatten. Der Ablauf war aber überall gleich. Man wartete und buchte alle bewertungsrelevanten Belege, die von der Hausbank kamen. Bewertete den/die Aktienfonds, meldete diesen Wert zurück an die Bank und machte diverse Statistiken, die täglich dazugehörten. Dann hatte man entweder Fonds, bei denen auch Bewegungen am Nachmittag waren, machte das bisschen Ablage und ging nach Hause. Wenn man keine Fonds für den Nachmittag hatte, wurde man um elf Uhr dreißig nach Hause geschickt. Ich dachte nur: »Oh mein Gott, wo bist du hier gelandet?« Man erwartete totale Flexibilität. Das hieß, wenn jemand krank wurde oder im Urlaub war, musste das alles von den anderen aus dem Team aufgefangen werden. Grundsätzlich gar kein Problem. Der Stressfaktor ergab sich aber darin, dass diese zusätzliche Arbeit auch um Punkt elf Uhr fertig sein musste. Das war die vorgegebene Uhrzeit des Auftraggebers für die Rückmeldung des Aktienwerts.

So, was ich euch damit sagen möchte, ist, dass man ein Privatleben so überhaupt nicht wirklich planen konnte. Entweder war man um zwölf Uhr zu Hause oder hatte aber bis in die Puppen lange gearbeitet, weil man Vertretung reingeschoben bekommen hatte und die Statistiken und Ablage im Anschluss folgen mussten. Auch sonst waren der Führungsstil und die Stimmung in der Abteilung sehr mehrwürdig. In den Morgenstunden herrschte ein enormer Zeitdruck und die Mitarbeiter waren alle sehr angespannt. Ich war da irgendwie die Einzige, die sich traute, etwas zu sagen, zu fragen, beziehungsweise den Mund aufzumachen. Alle anderen kuschten, passten sich irgendwie an. Diejenigen, die der Teamleiterin Honig um den Mund schmierten, hatten ein Luxusleben und wurden immer indirekt bevorzugt, die anderen hatte die Arschkarte. Schnell war klar, dass es auch ihre persönlichen Kofferträger waren. Wenn ihr versteht, was ich meine.

Relativ schnell stellte ich für mich fest, dass es ein stupider und langweiliger Job war, der mich absolut nicht erfüllte. Irgendwie glaubte ich noch am Anfang, dass sich etwas verbesserte, es interessanter werden würde und die Auslastung zunehmen würde. Leider vergingen Wochen und es war keine Veränderung in Sicht. Einfach nur Massenarbeit, die nach Schema »F« gemacht werden musste. Somit machte ich mich wieder auf die Suche. Ganz ehrlich, hatte ich nach so einer kurzen Zeit und der ganzen Projekte ein paar Monate vorher keine wirkliche Lust. Aber auf diese Idiotenarbeit hatte ich dauerhaft auch keine Lust, also was blieb mir übrig? Somit startete ich wieder den Bewerbungsprozess. Einen wirklichen Zeitdruck hatte ich zwar nicht, aber ich wollte einfach so schnell wie möglich dort weg. Die ganze angespannte Stimmung jeden Tag, meine Unzufriedenheit und die der Kollegen/Kolleginnen lösten bei mir Zweifel aus. Zweifel, wieder mal eine falsche Jobentscheidung getroffen zu haben. Beziehungsweise hatte ich mich darüber geärgert, dass ich das erstbeste Angebot in der Schweiz angenommen hatte. Der Bewerbungsprozess war angestoßen und ich hatte mal hier, mal da ein Vorstellungsgespräch, aber direkt zusammen kam man nicht. Dann ging es ganz schnell, wie schon so oft in meinem Leben. Bewerbungsgespräch, Interesse beiderseits, ein zweites Gespräch und Vertragsvorschlag. Obwohl das nur eine Fünfzig-Prozent-Stelle war, nahm ich dieses Angebot an. In den Gesprächen hatte man durchklingen lassen, dass man mich so schnell wie möglich brauche, also eigentlich früher als die offizielle Kündigungszeit von drei Monaten. Ich versprach nichts, hatte aber zugesichert, dass ich mit dem aktuellen Arbeitgeber darüber sprechen würde. Nachdem der Vertrag bei der neuen Firma unterschrieben war, bat ich den aktuellen Arbeitgeber um einen Termin bei der Geschäftsführerin, schilderte den Fall und fragte an, ob ich vorzeitig aus dem Vertrag rauskönnte. Man war über die Kündigung und meine Bitte überrascht und ließ sich die Antwort natürlich offen und wollte es intern besprechen.

Die Zeit verging normal weiter; ich arbeitete, kümmerte mich um den Haushalt, versuchte mit Kolleginnen und Kollegen und Nachbarinnen Freundschaften zu schließen, um in der neuen Heimat Schweiz anzukommen. Nachdem ich im Büro bei der Teamleiterin noch mal nachgefragt hatte, ob bzw. wie die Entscheidung wegen meiner frühzeitigen Entlassung aus dem Vertrag ausgefallen sei, wurde ich ein paar Tage später zu einem internen Gespräch eingeladen. Den einzelnen Wortlaut weiß ich nicht mehr, ganz ehrlich, interessiert mich auch nicht mehr. Ich weiß nur, dass man ein wenig schwierig und mühsam getan hatte. Aber am Ende war ein Monat früher drin, sodass ich dort zum 31. August aufhörte und die neue Stelle am 1. September 2009 antreten konnte. Bei mir verlief alles in gewohnter Form weiter, nur bei meinem Schatz nicht so. Weil er mal wieder in der Zwischenzeit den Job gewechselt hatte. Es kam für mich überraschend, weil er vorher nie über etwas geklagt oder Schlechtes gesagt hatte, worauf man hätte schließen können, dass er unglücklich bzw. unzufrieden war. Ganz im Gegenteil, er war so motiviert, dass er dort eine Stunde vor Dienstantritt auftauchte, was mir als Freundin natürlich total stank, weil es von unserer gemeinsamen Zeit abging. Es habe mit dem Hoteldirektor zwischenmenschliche Probleme gegeben, hieß es mir gegenüber. Ich meine, letztendlich war es seine Entscheidung. Wichtig war es, dass wir beide Arbeit hatten und einander nicht auf der Tasche lagen.

Kapitel 9

Er eine relativ neue Arbeit, ich ab September auch, die mich von null auf hundert in Anspruch nahm, was ich jedoch toll fand, weil ich mal wieder die Ärmel hochkrempeln und arbeiten konnte. Der Vertrag war zwar nur für halbtags aufgesetzt, aber es war am Anfang ein wenig mehr zu tun. Das hatte man mir auch so in den Gesprächen kommuniziert, weil es darum ging, die Rückstände aufzuarbeiten und einen zeitnahen Abschluss per 30. September zu machen. Erst vor Ort hatte man mir erzählt, dass diese ursprünglich in der Schweiz gegründete Softwaregesellschaft an einen deutschen Riesenkonzern verkauft worden war. Der Abschluss per September sollte der Kaufpreisbewertung dienen und per 31. Dezember 2009 fusionierten die beiden Gesellschaften. Auch noch eine andere Softwaregesellschaft wurde in der Schweiz aufgekauft und beide hatten mit dem Konzern fusioniert. Toll fand ich diese nachträgliche Information nicht, weil ich wusste, was das für die Arbeitnehmer bedeuten konnte, aber zu verlieren hatte ich auch nichts mehr.

Ich kniete mich in die Arbeit rein, sodass alle Termine eingehalten und die Anforderungen des Konzerns ausgeführt werden konnten. Zum Jahresende noch einmal diese Übung und dann stand der Fusion nichts entgegen. Das Team war relativ klein und überschaubar, aber sehr nett und lustig. Die hatten echt Spaß bei der Arbeit und ließen sich nicht aus der Ruhe bringen. Ich arbeitete direkt mit einer Kollegin, die schon sehr lange, quasi von Beginn an für diese Firma gearbeitet hatte. Dann gab es noch eine Kollegin, die für die ganze Administration verantwortlich war, eine Lehrtochter, die dort saß, und der Rest des Teams bestand aus Projektingenieuren, die ihre Arbeit die meiste Zeit vor Ort beim Kunden ausübten. Natürlich auch aus einem Chef, der aber selten im Büro zu sehen war, weil er neben der des Generalmanagers auch eine Key-Account-Funktion hatte und ständig auf Akquisitionskurs war. Ich hatte Glück, weil er wegen der heißen Übergangsphase öfter als sonst im Büro war und somit für mich als Neuling auch direkt greifbar und ansprechbar war. Die Arbeit machte mir unglaublich viel Spaß. Weil es zum einen die ganze Bandbreite aus den Finanzen abdeckte, durch die Fusion aber auch sehr vieles Neues mit sich brachte. Die Stunden bei der Arbeit vergingen sehr schnell und ich merkte meist gar nicht, dass ich wieder Überstunden gemacht hatte. Ich merkte es nur daran, weil es mal die Situation gab, dass ich nach Hause kam und mein Italiener mit einem sehr ironischen Unterton meinte: »Ich dachte, du arbeitest dort nur halbtags.« Ja, stimmt, dachte ich nur, drehte mich auf dem Absatz um und ging zum restlichen Tagesablauf über. Die Übung war unbeabsichtigt und völlig unbewusst. So konnte er mal spüren, wie toll es war, wenn man frei hatte oder früher zu Hause war und die andere Hälfte auf sich warten ließ. Bisher kannte nur ich diese Situation, jetzt auch mal er.

Die Zeit verging, wir waren beide in unseren Jobs voll und ganz engagiert. Zwischendurch hatten wir Besuch vom Niederrhein. Meine langjährige Freundin war mit Mann und Kindern für ein Wochenende da. Da er im Hotel arbeitete, organisierte er ihnen vergünstigt ein tolles Familienzimmer in Basel City. Nach einer ausführlichen Städtetour trafen wir uns dann am Abend im Hotel zum Abendessen. Er hatte für uns einen Tisch organisiert und wir wurden wirklich richtig verwöhnt. Das Essen, der Wein, den er uns dazu empfohlen hatte, waren wirklich toll und der Abend für uns wirklich unvergesslich.

Die Weihnachtsfeiertage 2009 nutzten wir dafür, um seine Familie, Eltern und Schwester in der Toskana, Italien zu besuchen. Von Basel war es schon deutlich kürzer als aus dem Bonner Raum. Wir konnten aber wirklich nur über die Festtage bleiben, weil ich danach wieder unbedingt arbeiten musste. Er, meine ich, auch. Ich kann mich an das eigentliche Weihnachtsfest bei ihm zu Hause nicht mehr wirklich erinnern. Ich glaube aber, dass es nicht so festlich war. Man saß am Heiligabend gemeinsam am Tisch und aß eine Fischspeise, die die Mama zubereitet hatte. Da der Vater krank war und Zucker hatte, musste er extrem auf alles achten, was er aß. Somit gab es auch nicht wirklich Kalorien auf dem Tisch. Umso mehr aber erinnere ich mich an das italienische Frühstück bei ihm zu Hause. Ein Kaffee aus diesem speziellen, italienischen Kocher und Biscotti. Ich, die es gewohnt war, normal und gut zum Frühstück zu essen, bekam echt die Krise. Meine Laune sank von Minute zu Minute. Trost war nur, dass wir sowieso gleich vorhatten, in die Stadt zu fahren, wo ich mir etwas Ordentliches zum Essen kaufen konnte. Gesagt, getan. Sodass sich meine Laune im Verlauf des Vormittags wieder normalisierte.

An einem Tag schauten wir uns Pisa mit dem berühmten schiefen Turm an. Am nächsten die Stadt Florenz. Beide Städte waren zu dieser Jahreszeit sowas von überfüllt. In Florenz stand natürlich – wie konnte es auch anders sein – »Shopping« auf dem Programm. Ich müsste jetzt lügen und erfinden, was ich dort gekauft hatte, aber ein Paar Schuhe ganz sicher. So welche für den Alltag, also ohne hohen Absatz, sonst hätte ich die noch, und die würden wahrscheinlich wie so viele andere unbenutzt und verpackt noch im Schrank stehen.

Auf dem Rückweg waren wir dann noch in den Supermarkt gefahren und kauften frühstückstaugliche Lebensmittel sowie ein paar haltbare Sachen für zu Hause. Als Geschenk von der Mutter erhielten wir eine große Flasche natives, original italienisches Olivenöl vom Bauern aus der Gegend. Das Öl war wirklich sehr hochwertig und wir hatten sehr lange etwas davon gehabt.

Die Tage in Italien vergingen ganz schnell und wir machten uns wieder auf den Weg nach Hause. Gleich am nächsten Tag musste ich los, da ja Jahresabschluss vor der Tür stand. Er dann erst am Nachmittag, aber auch noch am selben Tag. Es war eine kurze, aber intensive Arbeitswoche und Silvester verbrachte ich allein, da mein Freund arbeiten musste. Entweder Weihnachten frei oder Silvester, so war der Deal in seinem Job. Also was soll's, ich war schon dran gewöhnt und es ging wie jedes andere Jahr ohne große Zwischenfälle vorüber.

Kapitel 10

Das neue Jahr, mittlerweile 2010, begann völlig unspektakulär; viel Arbeit, Haushalt, Sport und so weiter. Im Kreislauf der davonrennenden Zeit. Geburtstag, Ostern, Geburtstag und sich ein mal wieder angekündigter Jobwechsel meines Partners. Könnt ihr euch vorstellen, dass mir das langsam, aber sicher anfing zu stinken? Ich verstand es wirklich absolut nicht und jetzt schon beim dritten Mal innerhalb kürzester Zeit so wirklich nicht mehr. Beim ersten Mal wollte ich keinen Druck ausüben und dachte: »Okay, ein Fehlgriff, kann vorkommen und habe ich auch schon schließlich selbst erlebt.« Beim zweiten Mal so: »Na ja, alles war perfekt«, und plötzlich sucht man wieder einen Job. Beim dritten Mal gab es eigentlich keinen triftigen Grund, nur den, dass ihm etwas an der Stelle und seiner Entwicklung innerhalb der kurzen Zeit nicht passte. Oder wollte man den anderen, aber vor allem sich selbst etwas beweisen? Beispielsweise wie toll und unersetzlich man schließlich war? Darum zog man einfach weiter. Bei mir begannen die Alarmglocken zu läuten. Weil ich mich fragte: »Ist es wirklich das, was ich mir von einer Partnerschaft/Beziehung wünsche?«

Das Schlimme daran war auch, dass vor allem seine ganze Zeit und die Energie draufgingen. Alles andere wäre mir persönlich noch egal gewesen, wenn er sich das ständig antun wollte. Aber die Tatsache, dass freie Wochenenden und jede andere freie Minute dafür verwendet wurden, löste bei mir Enttäuschung, Wut und

Unverständnis aus. Das Schlimme war auch, dass es im unmittelbaren Umkreis nichts für ihn gab, und es zog ihn immer weiter ins Landinnere. Die nächste neue Herausforderung, die er für sich gefunden hatte, war dann am Zürichsee in einem neu renovierten Hotel. Eine ganz tolle Kulisse und Ausblick auf den Zürichsee aus dem Fenster, aber leider mit einer eineinhalbstündigen Fahrt pro Richtung verbunden. Hättet ihr dafür Verständnis? Weil meine nahm definitiv ab und die Diskussionen und Auseinandersetzungen nahmen immer häufiger zu. Ich ließ ihn machen, glücklich war ich aber darüber absolut nicht und durch seine langen Anfahrtszeiten und Abwesenheiten lebten wir uns immer mehr auseinander. Am liebsten hätte er gleich in der Gegend für uns eine neue Wohnung gesucht, aber darauf ließ ich mich überhaupt nicht ein. Meine Absicht war es ganz sicher nicht, alle paar Monate aus Koffern zu leben und umzuziehen. Dafür hatte ich zu gern ein schönes und gemütliches Zuhause.

Ich weiß wirklich nicht mehr, wie lange er es dort ausgehalten hatte bzw. gearbeitet hatte. Ich weiß nur, dass er in diesem Jahr 2010 am Silvester arbeiten musste und ich damals dort war. Es war ein schöner Abend, aber letztendlich schaute ich zu, wie mein Freund arbeitete. Wie gesagt, es dauerte nicht lange – es muss Frühling 2011 gewesen sein –, als er mir offenbarte, dass er im Tessin, Lugano, in der italienischen Schweiz, im Süden einen neuen Job gefunden hatte. Verkaufen und von sich überzeugen konnte er sich echt super, ein Gespräch und er hatte den Job. Er war in dem, was er tat, auch sehr gut, konnte die Menschen, Kunden mit seiner Art auch immer für sich gewinnen. Nur seine Selbstüberzeugung, dass er der Beste war und ihm keiner das Wasser reichen konnte, war meiner Meinung nach das Grundproblem. Eine kleine möblierte Wohnung war auch schnell gefunden und wir waren vor Beginn der neuen Stelle zusammen hingefahren, um sein persönliches Zeug, was er täglich zum Leben brauchte, hinzubringen. Ich war natürlich als Gefährtin immer für ihn da, aber in ruhigen und einsamen Momenten war mir klar, dass ich so ein Leben aus Koffern nicht wollte. Was sollten wir/ich jedoch machen, für ihn war es definitiv besser so, als arbeitslos zu Hause zu sitzen. Wir führten mal wieder eine Fernbeziehung. Aber nicht wirklich lange, weil er die Probezeit nicht überstand bzw. nicht überstehen wollte. Ich weiß nicht mehr genau, wie es war. Ganz ehrlich, irgendwann legte ich keinen Wert mehr darauf, es zu erfahren. So schnell, wie er gegangen war, so schnell war er wieder zu Hause. Tessin war ganz schnell vergessen und er konzentrierte sich darauf, einen neuen Job zu finden. Etwas Gutes hatten seine Jobwechsel jedoch, so konnte ich wenigstens ein paar tolle Ecken von der Schweiz erkunden.

Zwischen uns kriselte es immer mehr und die Diskussionen und Auseinandersetzungen nahmen immer häufiger zu. Ich hatte dafür so langsam kein Verständnis mehr und mir platzte echt der Kragen. Er war natürlich auch total deprimiert und hatte von der Schweiz die Nase gestrichen voll und suchte auch Arbeit in Deutschland. Es dauerte nicht lange und er hatte eine. In einem Kurort in Bayern, drei Stunden von Basel entfernt. Einen Job zu finden war im Bereich Gastronomie nicht das Problem; diesen zu behalten und nachhaltig auszuüben dann doch ein großes. Da es vorher schon ordentlich kriselte und ich ganz klar und deutlich kommuniziert hatte, dass ich das so nicht mehr wollte, beschlossen wir, die Beziehung an dieser Stelle zu beenden. Er gab sich alle Mühe, mich vom Gegenteil zu überzeugen, und wollte, dass ich nachkomme, aber für mich hatte das so keinen Sinn mehr. Er verbrachte mehr Zeit damit, Jobs zu suchen, sich in neue Jobs einzubringen und einzufinden, als das Leben mit mir zu leben und vor allem zu genießen. Ich wollte Tagesausflüge in der Schweiz machen und das Land erkunden. Ich wollte reisen und nicht jede freie Lücke in Italien bei seinen Eltern verbringen, weil wenn dann mal eine da war, wollte er natürlich immer zu seiner Familie. Das war einfach nicht meine Erfüllung und nicht das, was mich auf Dauer glücklich machte.

Er organisierte sich mit einer Wohnung dort relativ schnell, packte seine persönlichen Sachen und fuhr davon. Bis auf ein paar neue Sachen, die wir gemeinsam angeschafft hatten und er auch da ließ, als er ging, gehörte die ganze Wohnungseinrichtung mir. Somit hatte er nicht viel und deshalb war es für ihn emotional alles immer viel leichter. Ich wollte aber nicht zum Umzugsnomaden werden und alle paar Monate die Kartons packen. Das hatte er wiederum nicht verstanden und machte sich daraufhin völlig verletzt, enttäuscht und gekränkt, aber mit erhobenem Haupt aus dem Staub. Ich führte kein Tagebuch darüber, wann welcher Lebensabschnittspartner in mein Leben trat oder wieder ging, aber es musste Ende Oktober 2011 gewesen sein, als wir uns endgültig räumlich trennten.

Ich sage nicht, dass er keine guten Seiten hatte. Diese waren jedoch leider bei mir in den Hintergrund gerückt, weil die ständigen Jobwechsel so viel Kraft und Energie gekostet hatten, dass alles andere Schöne, Positive auf der Strecke blieb. Das Problem war auch, dass er diese ganze Veränderung zwischen uns vor lauter Jobwechsel überhaupt nicht selbst realisiert hatte und so unverhofft und plötzlich von mir vor vollendete Tatsachen gestellt worden war.

Was dann folgte, waren lange, dunkle und einsame Abende, an denen ich oft zweifelte, ob das die richtige Entscheidung gewesen war. Aber so war es nun mal und es gab kein Zurück mehr. Jeder ging von nun an seinen eigenen Weg und wir hatten überhaupt keinen Kontakt mehr. Alles war geregelt und wir hatten uns auch einfach nichts mehr zu sagen. Aber auch deshalb, weil sein Stolz extrem verletzt war.

Ich stürzte mich in den kommenden Wochen voll in die Arbeit und war voller positiver Energie, als es dann vor Weihnachten 2011 mal wieder einen ganz großen Dämpfer in meinem Leben gab. Mein Arbeitgeber, ein großer, namhafter, deutscher Konzern, hatte mir doch noch tatsächlich vor Weihnachten die Kündigung zum März 2012 ausgesprochen. Ich war in diesem Gespräch in Tränen ausgebrochen, nicht nur deshalb, weil ich total überrascht und enttäuscht war, sondern auch, weil das Gespräch mit meinem damaligen Vorgesetzten total scheiße verlief. Man zwang mich quasi, das Kündigungsschreiben vor Ort zu unterschreiben, ohne dass ich mal darüber nachdenken oder mit jemandem sprechen konnte. Es war ein totales Scheiß-Gefühl kann ich euch sagen.

Es gab außer Restrukturierungsmaßnahmen absolut keinen anderen Grund, mir diesen Arbeitsvertrag zu kündigen. Dies hatte man uns schon vom ersten Moment an nahegelegt, als die ursprüngliche, kleine Firma, bei der ich 2009 angefangen hatte, 2010 von dem Riesen aufgekauft und verschluckt worden war und mit einer anderen Softwarebude aus der Schweiz fusionierte. Doch ich hatte es vor lauter In-Arbeit-Stürzen und der privaten Probleme ein wenig ignoriert und im tiefsten Inneren gehofft und geglaubt, dass es mich nicht treffen würde und es schon irgendwie weitergehen würde. Aber Pustekuchen, das war das Dankeschön für meinen Einsatz, mein Engagement, mein Know-how und meine ganze Kraft, die ich in die Fusion und die Zeit danach als Fachkraft eingebracht hatte. Da sich die Finanzabteilung nach der Fusion aus zwei Teams zusammensetzte, die Vorgabe vom Konzern Abbau war und ich persönlich dem Chef zu wenig in den Hintern gekrochen war und immer offen und ehrlich meine Meinung geäußert und kommuniziert hatte, hatte es mich dann doch getroffen. Für mich gab es trotz Restrukturierungsmaßnahmen keine Art Sozialplan, da ich zu kurz da war. Keine sofortige Freistellung, keine Abfindung, absolut nichts stand zur Diskussion. Ich sollte schön brav meine Zeit bis zum Ende abgelten und eventuell könnte ich die restlichen Tage Urlaub zum Schluss nehmen. Das war die Quintessenz des Gesprächs. Ich glaube, das Schreiben habe ich mitgenommen, bin aus dem Raum raus, habe meine Sachen gepackt und bin dann in die eigentliche Niederlassung, die auch mein Arbeitsort laut Vertrag war, gefahren. Dort packte ich nur das Notebook aus, räumte den Schreibtisch auf und fuhr nach Hause. Es musste der 22. oder der 23. Dezember 2011 gewesen sein, da ich noch weiß, dass es am nächsten Tag, vor Weihnachten, an unserem Standort noch einen kleinen Umtrunk geben sollte. Für mich stand jedoch schon auf dem Weg nach Hause fest, dass mir das Wasser bis zum Hals stand, und ich mir das nicht antun würde, obwohl keine von denen am Standort etwas dafür konnte. Am nächsten Tag meldete ich mich krank. Es hatte nicht wirklich jemanden verwundert, da die Kollegen intern über meine Kündigung informiert worden waren. Ihr könnt euch ganz sicher vorstellen, wie toll das Weihnachtsfest für mich war, oder? Beziehung zu Ende, Kündigung erhalten, was würde noch kommen bzw. passieren?, ging mir ganz sicher damals durch den Kopf. Da man sprichwörtlich sagte: »Alle guten Dinge sind drei.«

Die freien Tage nutzte ich dazu, um mich zu beruhigen und einen klaren Kopf zu bekommen. Schließlich musste ich noch offiziell drei Monate dahin. Da ich mich mit der schweizerischen Gesetzgebung überhaupt nicht auskannte, suchte ich auch Rat bei Bekannten beziehungsweise Freunden. Egal mit wem ich darüber sprach, man sagte mir, es sei aussichtslos, etwas gegen die Kündigung zu unternehmen. Ganz im Gegenteil. Wenn man sich krankmeldete, würde sich zwar die Kündigungsfrist nach hinten verschieben, aber eigentlich hätte man nichts davon, weil man nicht frei wäre für etwas Neues. Und ich meine, das Problem wäre so nur aufgeschoben gewesen, nicht gelöst. Je mehr ich auch über die ganze Art und Vorgehensweise der Kündigung nachdachte, desto mehr packte mich die Wut und desto schneller stand für mich fest, dass ich unter diesen ganzen Umständen für diese Firma auch nicht mehr arbeiten wollte. Also unterschrieb ich den Wisch und sendete ihn per Post zu.

Der Kragen platzte mir dann aber, als ich im neuen Jahr ganz normal, intern und mit dem dazu vorgesehenen Formular meine Spesen für die Fahrten zwischen den beiden Standorten und der dazugehörigen Verpflegung einreichte und diese von dem Vorgesetzten abgelehnt wurden. Plötzlich verstand er das selbst verfasste und abgesegnete Spesenreglement nicht mehr. Wie komisch. Auch diskutierte er mit mir über die vertraglich festgelegte und im Vorjahr erreichte Zielvereinbarung. Mit der Kündigung stand mir plötzlich nichts mehr zu. Ich versuchte es auf dem normalen Weg, mit einem Gespräch und Argumentation. Nichts half jedoch. Er hielt an seiner Entscheidung fest. Wie armselig es doch war, seine privaten Probleme mit starken Frauen im Job auszutragen und Spielchen zu spielen, weil man der Mächtigere war.

Gut, dachte ich mir, wenn du Krieg willst, dann bekommst du den auch. Ich, die an der Quelle war, und vorher genau mitbekommen hatte, was andere langjährige Mitarbeiter an Abfindung abgeräumt hatten, weil sie unter anderem für die neu fusionierte Firma nicht mehr arbeiten wollten oder in der ersten Welle gekündigt worden waren. Auch das Spesenreglement kannte ich in- und auswendig, weil die Prüfung und Freigabe der Spesen für beide Standorte unter anderem ein Teil meines neuen Aufgabengebietes war. Fazit – man wollte mich einfach abservieren.

Ich suchte jedoch alle Unterlagen zusammen und vereinbarte einen Termin in einem Anwaltsbüro. Dieses übernahm den Fall und schrieb meinen Arbeitgeber an. Es ging um die nicht ausbezahlten Spesen, die Zielvereinbarung und eine sofortige Freistellung aufgrund der ganzen Umstände.

Man hatte an dem anderen Standort natürlich eine eigene Rechtsabteilung beziehungsweise man bezog die Dienstleistung einer anderen internen Business Unit. Die Anwälte schrieben sich hin und her und es kam jedoch nichts dabei rum, weil man auf dem Standpunkt beharrte und lächerliche Argumente vorbrachte, warum mir diese Zahlungen nicht zustehen würden. Während dieser für mich wichtigen Phase gab es in der Kanzlei, die mich vertrat, auch noch einen Wechsel unter den Anwälten. Die Rechtsanwältin, die den Fall übernommen hatte und sehr gut war, wechselte leider woanders hin. Der neue, junge Anwalt, der den Fall übernahm, hatte irgendwie einen ziemlich großen Respekt vor dem Riesenkonzern und kniete sich nicht mehr so da rein wie die Kollegin davor. Der Fall zog sich in die Länge und die Gegenseite wich nicht von ihrem Standpunkt ab. Das

Einzige, was intern passierte, war, dass man mich dann Mitte Februar freistellte, weil man zu dem Entschluss gekommen war, dass es für alle Beteiligen so besser sei. Die Schlammschlacht ging jedoch im Hintergrund weiter, weil auch ich nicht von meinen Forderungen abwich. Ich hatte keine Angst vor einem Konzern und ließ mich nicht einschüchtern.

Am Ende brachte es jedoch nichts. Irgendwann war es sinn- und zwecklos, gegen die Mühlen anzukämpfen. Das Einzige, was man erreicht hatte, war – eigentlich eine totale Selbstverständlichkeit nach Beendigung eines Arbeitsverhältnisses, für diese Firma jedoch irgendwie nicht –, dass man mir ein Arbeitszeugnis ausstellte. Nach sage und schreibe einem Jahr erreichte mich dann über den Anwalt, als Voraussetzung für die Schlichtung des Falls, ein Arbeitszeugnis. Wow, dachte ich nur, das nennt man Professionalität und eine schnelle Arbeitsweise innerhalb eines Konzerns. Ich meine, ich hatte es schon in dem Kündigungsgespräch gespürt, dass man es mir so volle Kanne reinwürgen wollte, von daher hatte mich am Ende nichts mehr überrascht. Das Zeugnis war natürlich auch nicht besonders gut, was ich beim Erhalt schon vernommen hatte. Dachte mir zu diesem Zeitpunkt: »Komm, Schwamm drüber, und keine Energie mehr dafür verpulvern.«

Einfach nur krank, dachte ich mir, mit welchen Mitteln sich manche Manager in der heutigen Arbeitswelt ihre Daseinsberechtigung erkämpfen müssen. Im tiefsten Inneren dachte ich mir nur: »Kommt Zeit, kommt Rat. Dich wird das noch alles im Leben einholen.« Ich halte nichts von Rache und sonst wünsche ich niemandem um mich herum etwas Schlechtes im Leben. Auch wenn ich persönlich merke oder spüre, dass ich Neider oder Menschen um mich herum habe, die schlechte Energie verbreiten, ziehe ich mich dezent zurück und finde so meinen Frieden damit.

Im vorliegenden Fall hatte ich nach ein paar Jahren über Ecken erfahren, dass dieser CFO nicht mehr für den Konzern tätig war. Es habe nicht mehr gepasst und man habe sich einvernehmlich getrennt. Das »einvernehmlich« lasse ich mal unkommentiert an dieser Stelle so stehen. Ich muss ja schließlich nicht immer das letzte Wort haben.

Irgendwie wollte sich die dunkle Wolke über meinem Leben aber nicht so wirklich auflösen. Kaum war dieser eine Ärger verdaut, kam schon der nächste.

Kapitel 11

Es war Ende Februar; dunkle, lange Abende und Fastnacht in Basel. Ich bin absolut kein Karnevalfan, aber irgendwie hatte ich mich von einem Arbeitskollegen überreden lassen, der auch aus Polen kam, mit mir dort für den Konzern arbeitete und mir seine Freundin, die auch aus Polen kam, vorstellen wollte. Wir gingen erst in Basel etwas essen und dann schauten wir uns den traditionellen Lichterabend mit den Lampions an. Es war nett und mal etwas anderes als nur der Ärger. Nachdem die Lampion-Parade zu Ende war, verabschiedeten wir uns, und ich machte mich mit der Straßenbahn nach Hause. Ich wohnte ja ein wenig außerhalb von Basel und in einem anderen Kanton, der sich Baselland nannte. Von der Straßenbahnstation war es nicht mehr weit bis zur mir nach Hause entfernt, und ich legte diesen Weg zu Fuß zurück. An jenem Abend war es kalt und frostig, vom stundenlangen An-einem-Fleck-Stehen war ich total durchgefroren und freute mich auf mein Zuhause und ein heißes Bad. Nichts ahnend machte ich die Tür auf und in dem Moment überkam mich ein ganz schreckliches Gefühl, welches mir sagen wollte: Achtung, sei vorsichtig. In der Tür erstarrt und total verwirrt, weil mir durch den Kopf ging: »Moment mal, warum ist die Schlafzimmertür auf?« Da von draußen ein wenig Licht reinstrahlte, konnte ich aus der Entfernung erkennen, dass etwas auf dem Bett lag, was ich ganz sicher so nicht hinterlassen hatte. Auch verstand ich es in dem

Moment nicht, woher es so zog und warum es so kalt in der Wohnung war. Alles Mögliche ging mir in dem Moment durch den Kopf. Hatte ich vergessen, etwas abzuschließen? War mein Ex-Freund da, hatte er etwas gesucht und dieses Chaos hinterlassen? Aber eigentlich waren diese Gedanken totaler Schwachsinn, denn warum sollte er? Und außerdem hatte er doch gar keinen Schlüssel mehr von der Wohnung. Ich betrat ganz vorsichtig die Wohnung, machte das Licht im Flur an und fing an zu rufen: »Hallo, ist ja jemand? Hallo.« Es kam nichts zurück. Somit ging ich bis zum Wohnzimmer vor und musste feststellen, dass das Balkonfester sperrweit aufstand. Erst in diesem Moment wurde mir so wirklich klar, warum es in dem Flur so zog und dass jemand in meine Wohnung eingebrochen war. Mit Zittern, Gänsehaut und weichen Knien machte ich rasch die Tür zu und schaute mich in der Wohnung um. Alle Schubladen im Wohnzimmer, im Schlafzimmer, im Arbeitszimmer, die vom Schreibtisch waren aufgerissen und durchwühlt worden. Sogar im Inneren des Kleiderschrankes, wo sich eine Kommode mit Unterwäsche, Socken und so lauter persönlicher Kleinkram befand, wurde alles auf den Kopf gestellt und lag teilweise auf dem Bett.

Ich dachte nur: »Oh mein Gott, nimmt dieser Wahnsinn in meinem Leben irgendwann endlich mal ein Ende?« Ich fasste aber nichts an, weil mir klar war, dass die Polizei alle möglichen Spuren aufnehmen wollen würde.

Als der erste Schock gesetzt war, griff ich zum Telefon und rief die zuständige Polizeistelle in meiner Gemeinde an. Man versuchte, mich am Telefon zu beruhigen, und gab mir zu verstehen, dass es ein wenig dauern könne, da es an dem Abend nicht der erste Einbruch in der Umgebung gewesen sei und die Wachtmeister einfach viel zu tun hätten. Ich sollte mich mindestens auf eine halbe Stunde einstellen, hieß es.

Ich saß da wie ein Häufchen Elend und rief meinen Ex-Freund an. Im ersten Moment erreichte ich ihn natürlich nicht, aber eine Viertelstunde später rief er mich zurück. Da ich kaum Freunde in der Umgebung hatte, aber auch keinen so wirklich mit meinem Problem zur Last fallen wollte, war er meine erste Anlaufstelle. Wir sprachen kurz zusammen und ich erzählte ihm, was passiert war. Er zeigte Mitgefühl und gab mir den Rat, bei meinen Nachbarn zu klingeln, damit ich nicht so ganz allein in der Situation war. Noch während wir miteinander sprachen, traf die Polizei ein, und ich musste das Gespräch beenden. Die beiden Herren schauten sich um, machten Fotos, schrieben einen Bericht und sicherten die Fußabdrücke der Täter. Sie sagten mir, dass es leider nicht der einzige Vorfall an dem Abend gewesen sei und es wahrscheinlich organisierte ausländische Banden seien, die über die Grenze aus Frankreich zum Klauen eingeschleust worden waren. Die Grenze zu Frankreich war nur ein paar Kilometer von der Wohnung entfernt. Ich erlebte es Gott sei Dank zum ersten und hoffentlich letzten Mal in meinem Leben. Die Beamten waren schnell mit den ganzen Aufnahmen fertig und man merkte, dass es zum täglichen Brot ihrer vielfältigen Arbeit gehörte. Sie erklärten mir noch kurz, was ich als Nächstes tun solle, und waren auch schon verschwunden. Da stand ich, völlig aufgelöst, geschockt und mit der Situation ein wenig überfordert. Was mir eigentlich sehr selten passierte, dass ich keine Idee beziehungsweise keine Lösung für etwas hatte.

Da kam mir der Ratschlag wieder in den Sinn und ich fasste meinen ganzen Mut zusammen, ging in den Flur und klingelte bei den Nachbarn. Jedoch war keiner zu Hause und die Tür blieb vor meiner Nase zu. Ich dachte mir nichts dabei, schließlich war Karneval und viele Menschen zum Feiern unterwegs oder sogar über die verrückten Tage verreist. Durch den Kopf ging mir jedoch in dem Moment nur, dass bei den Nachbarn, schon als ich eben aus der Stadt zurückkehrte, alles dunkel war und die Jalousien bereits unten. Ich zog den Kopf wieder ein und wollte wieder in die Wohnung zurück, da durchschoss mich ein Geistesblitz und sagte mir: »Versuche es doch bei der anderen, netten Nachbarin, die du aus der Waschküche kennst. Mit der du schon oft nett geplaudert hast und die immer Hilfe angeboten hat, wenn etwas wäre.« So tat ich es auch. Im sechsten oder siebten Stock angekommen, klingelte ich an der Tür und zu meiner Erleichterung ging diese auf. Ich glaube, zuerst stand der Lebenspartner vor der Tür, rief aber die Frau gleich, als er mich sah. Sie bat mich rein, gleich merkend, dass etwas nicht stimmte, fragte sie, was passiert sei.

Dass wir uns Monate vorher getrennt hatten und er ausgezogen war, das wusste sie. Somit konnte es nicht daran liegen. So holte ich mit Tränen in den Augen tief Luft und fing an zu erzählen. Ich sagte auch, dass ich bei den anderen Nachbarn auch schon geklingelt habe, aber sie schienen nicht da zu sein.

Ich trank dort oben einen Tee und beruhigte mich ein wenig. Wir gingen zusammen runter, sie schauten sich den Ernst der Lage an und boten mir sofort an, bei ihnen zu übernachten. Mittlerweile war es schon sehr spät geworden und ich nahm das Angebot sehr dankend an. Ich wollte in dieser Nacht absolut nicht allein sein, weil ich kein Auge zugemacht hätte. Auch da oben, bei den Nachbarn hatte ich sehr große Mühe damit, war dann aber irgendwann gegen 2:00 Uhr vor lauter Erschöpfung eingeschlafen. Wollt ihr wissen, was ich in der kurzen Nacht nach dem Einbruch geträumt habe? Dass es die Nachbarn – das Ehepaar von nebenan – waren. Schnell verdrängte ich diesen Gedanken und behielt ihn natürlich im tiefsten Inneren für mich. Doch hin und wieder holte mich dieser Traum ein und ich dachte in ruhigen Minuten darüber nach, ob es theoretisch und praktisch nicht möglich gewesen wäre. Mir schossen Gedanken und Situationen durch den Kopf, in denen ich das Verhalten des Ehepaars, deren Ausflüge und den Kleidungsstil als ein wenig merkwürdig empfand. Aber nun dachte ich mir damals, jedem das Seine. Leben und leben lassen, lautete mein Motto und ich verlor damals keine weiteren Gedanken daran. Schließlich ging es mich auch nichts an. Ich konnte auch schlecht zur Polizei gehen und sagen: »Hören Sie mal – ich habe davon geträumt, dass es meine Nachbarn waren, gehen Sie dem bitte nach.« Die hätten mich doch ausgelacht.

Die folgenden Tage verbrachte ich damit, den Papierkram zu erledigen. Die Versicherung wollte natürlich eine Aufstellung davon habe, was alles entwendet worden war. So saß ich am Abend da und füllte eine Excel-Tabelle mit den Namen und Preisen der Gegenstände, die geklaut worden waren. Es waren hauptsächlich kleine elektrische Gegenstände, die man so in die Hose oder Jackentasche stecken konnte, und mein ganzer wertvoller Schmuck. Das Einzige, was ich als Erinnerung an meine Mutter hatte, waren schöne, mit großen Steinen versetzte, goldene Ringe, die mitgenommen worden waren. Mein ganzes Silber und alles andere an Schmuck, was auch nur irgendwie wertvoll aussah. Wisst ihr, wie weh das im Herzen tut, dass – abgesehen davon, dass die ganzen Erinnerungsstücke weg waren – auch noch der Schmuck, den man sich hart erarbeitet, im Rahmen der Möglichkeiten erspart, gekauft oder auch geschenkt bekommen hatte, weg war? Mit tiefer Verletzung war ich an den folgenden Tagen durch die Stadt gelaufen und schaute in die Schaufenster der Goldeinkäufer und hoffte im tiefsten Inneren, dass die Ringe dort auftauchten und ich diese mit dem Geld, welches ich von der Versicherung bekam, zurückkaufen konnte. Aber leider war es nicht so. Ich meine, auf der anderen Seite dachte ich mir: »Wer ist so dumm, klaut den Schmuck in der Umgebung und bringt ihn dann zum Goldeinkäufer in der Nähe?« Normalerweise keiner, aber man wusste schließlich nie.

Relativ schnell nach diesem negativen Ereignis stand für mich fest, dass ich aus dieser Wohnung ausziehen wollte. Zum einen die Trennung und dann noch der

Einbruch, ich fühlte mich allein in dem Erdgeschoss nicht mehr wohl und sicher. So war die Sache schnell für mich beschlossen, dass ich eine neue Wohnung suchte. Das Einzige, was mir bei der Sache Kopfschmerzen bereitete, war meine Situation mit dem Job. Schließlich war ich arbeitssuchend und hatte noch keine konkrete Zusage für einen neuen. Aber ich war der festen Überzeugung, dass sich bald was ergeben und mir jemand trotz der Situation die Chance auf eine neue Wohnung geben würde. So fing ich an zu suchen. Ich weiß nicht mehr, wie viele Wohnungen ich mir angeschaut hatte, die infrage kamen. Aber es waren nicht wirklich viele und ich war relativ schnell in einer anderen Gemeinde fündig geworden. Eine kleine, schnuckelige 2-Zimmer-Wohnung, gut geschnitten, sonnig und ein Balkon, der ganz um die Wohnung ging. Sie war im Verhältnis zu der alten Wohnung genauso teuer, hatte aber eine viel bessere Ausstattung und es war alles nicht nur das Billigste vom Billigsten. Die zuständige Hausmeisterin in diesem Objekt zeigte mir die Wohnung, war sehr nett, kompetent und wusste ganz genau, wen sie im Objekt haben wollte und wen nicht. Mir gefiel die Wohnung auf den ersten Blick sehr gut, gleichwohl die Lage nicht so optimal war, und man bräuchte auf jeden Fall ein Auto, weil man vom Dorfkern schon ein wenig entfernt war. Aber das hatte ich, von daher kein Problem. Ich besorgte die nötigen Dokumente und reichte die Bewerbung für die Wohnung ein. Nach nicht mal zwei Tagen hatte ich eine Zusage, ohne große Diskussionen, Verhandlungen wegen dem Einzugsdatum, absolut nichts. Glück gehört im Leben halt eben auch dazu, dachte ich in dem Moment. Ziemlich zur selben Zeit hatte ich auch interessante und gute Vorstellungsgespräche und aus einem ergab sich eine Anstellung zur Mitte Juni 2012. Es war toll und ich war glücklich, weil per Zufall war der neue Job in derselben Gemeinde wie die neue Wohnung. Besser hätte es für mich nicht laufen können. Ein Glückspilz eben. Die Glückssträhne war damit aber noch nicht zu Ende. Natürlich hatte ich auch noch jemanden kennengelernt. Auf die ganz moderne, neue Art. Heute zwar nicht mehr, aber 2012 war es zumindest neu für mich und hatte mich sehr viel Überwindung gekostet. No risk, no fun. Und so ging ich auch an die Sache ran. Ich hatte mich in einem Onlinedating-Portal angemeldet und war dort sehr seriös unterwegs. Das heißt, alle Angaben waren wahrheitsgetreu, und das Bild von mir war auch relativ aktuell. Ich merkte an den erhaltenen Nachrichten jedoch relativ schnell, zu welchem Zweck sich die Herrschaften angemeldet hatten. So fackelte ich nicht wirklich lange und brach die Gespräche bzw. den Schriftverkehr ab, wenn es mir dann zu sehr unter die Gürtellinie ging. Schließlich wusste ich ganz genau, was ich wollte und wonach ich suchte beziehungsweise *nicht* suchte. Aber es gab auch normale, intelligente und ehrliche Männer, die dort angemeldet waren. Mit einem jungen Mann schrieb ich und wir tauschten uns aus. Es waren sehr interessante und tiefgründige Gespräche, sodass uns beiden irgendwann klar war, dass wir uns mal treffen wollten. Auf die erste Anfrage für ein Treffen von ihm reagierte ich sehr zögerlich und hatte es ein wenig rauszögern können. Obwohl sich alles gut anfühlte, war ich einfach mental noch nicht so weit. Nur deshalb. Irgendwann dann im Mai, glaube ich, es war schon relativ warm draußen, weil ich mich noch an die kurze, karierte Hose genau erinnere, die er an dem Sonntag anhatte, trafen wir uns das erste Mal. Treffpunkt war der SBB Bahnhof in Basel. Wir hatten im Vorfeld geschrieben, wer was anhatte, damit wir uns erkennen würden. Ganz ehrlich, auf dem Weg dahin dachte ich nur: »Isaura« was machst du da eigentlich? Wenn sich diese nette, gesprächige Person als ein totaler Idiot entpuppt, was dann?« Aber es gab kein Zurück mehr und trotz der kurzen Bedenken war ich total neugierig auf diesen jungen Mann. Jung deshalb, weil sich relativ schnell rausstellte, dass er bei der Angabe vom Alter ein wenig geschummelt hatte. Er war sage und schreibe 7 Jahre und 10 Tage jünger als ich, aber auch ein Wassermann. Das war etwas, was mich sehr freute, weil ich im Vorfeld schon gute Erfahrungen und eine tolle Beziehung mit einem Wassermann hatte. Wir kehrten in Basel in irgendein Lokal ein und tranken etwas. Kaum hatte ich auf die Uhr geschaut, war es Abend und mein Hungergefühl stellte sich ein. Es war ein gutes Zeichen, wir hatten uns so viel zu sagen, dass die Zeit wie im Schlaf verging. Ich schlug auf dem Rückweg vor, etwas beim Chinesen essen zu gehen. Er wollte nicht wirklich, aber es gelang mir, ihn zu überreden. Aus unseren Gesprächen vernahm ich, dass er noch studierte bzw. grade erst fertig geworden war und auch einen Job suchte. Somit lud ich ihn zum Essen ein. Für mich war das keine große

Sache und es freute mich sehr, ihn noch länger an meiner Seite zu haben. Also war auch ein wenig Taktik im Spiel.

Ganz spät am Abend trennten sich dann unsere Wege und jeder ging wieder seinen Weg. Verblieben waren wir so, dass jeder über den Abend nachdenken würde und wir uns auf jeden Fall hören wollten. Im Klartext blieb alles total offen. Keine neue Verabredung, auch sonst nicht irgendwelche Signale, die auf mehr hindeuteten. In den jungen Jahren waren sieben Jahre Altersunterschied ganz schön viel. Aber irgendwie zog ich immer magisch jüngere Männer an und bei ihm, durch die tollen und tiefgründigen Gespräche, merkte man den Unterschied nicht so wirklich. Zumindest nicht auf dieser Ebene.

Ich glaube, es vergingen zwei oder drei Tage, in denen totale Funkstille herrschte. Ich nutzte auch die Zeit intensiv zum Nachdenken, aber irgendwann stellte ich dann fest, dass ich diesen jungen Mann sehr interessant fand und er mir nicht aus dem Kopf ging. Dann ergriff ich die Initiative, griff zum Handy und schrieb ihm eine Nachricht. Er ließ sich auch Zeit zum Antworten, aber er antwortete. Ich weiß nicht mehr, was ich ihm geschrieben habe, aber es kam so zögerlich zurück, dass er den Abend auch schön fand, sich aber unsicher sei, nachdenken musste und sich deshalb nicht gemeldet habe. Ich meine, mir ging es nicht anders, aber natürlich hätte ich mir einen anderen Verlauf gewünscht. Als Frau stellte man sich Fragen wie: »Habe ich ihm nicht gefallen? Bin ich doch nicht sein Typ? Habe ich bei dem Date etwas falsch gemacht?« Und so weiter. Eins war jedoch klar, dass wir beide sehr stark kopfgesteuert waren. Was auch klar war, dass wir uns wieder schrieben, uns weiter über verschiedene Themen austauschten, kennenlernten und das gab uns beiden mehr Sicherheit. Ich führte über so etwas keine Tagebücher, aber das nächste Treffen ließ nicht lange auf sich warten. Wir hatten halt beide viel zu tun, aber er irgendwie mehr. Oder es war nur eine Taktik und seine Strategie, um sich halt wichtig zu machen. Es ist so lange her, dass ich nicht mehr weiß, was wir an dem Abend gemacht haben, erinnere mich nur daran, dass wir einen ziemlich langen Weg aus der Stadt zu mir zu Fuß zurückgelegt haben. Wir blödelten rum, erzählten, hielten aber hin und wieder auch mal inne und die ersten Küsse wurden ausgetauscht. Es war Ende Mai oder Anfang Juni, der Abend relativ mild und die Stimmung war so romantisch und vertraut. Es war spät geworden, er ließ es sich aber nicht nehmen, reinzukommen und bei mir zu bleiben. Mein Wohnzimmersofa, welches noch aus der Düsseldorfer Zeit stammte, dieses, welches ich für die zweite Wohnung nach dem Brand in Solingen gekauft hatte, war unser Kuschelort. Wir lagen uns ganz innig im Arm, erzählten, küssten und kuschelten. Es fühlte sich alles so gut an. So vertraut, so geborgen, so weich. So unbeschreiblich, dass ich heute noch davon schwärme. Lacht jetzt bitte nicht, aber ich weiß noch ganz genau, als ich ihn an dem Abend fragte, ob wir jetzt zusammen seien, und er nickte nur mit dem Kopf. Komisch in dem Alter, aber schließlich muss man ja wissen, woran man ist, dachte ich mir. Bei so einem jungen Schnösel weiß man ja nie, dachte ich mir und wollte mich halt absichern.

An dem Abend war es um uns geschehen und erst irgendwann in der Frühe ging er dann und fuhr nach Hause. Ich ging dann schlafen. Wow, dachte ich nur, was für ein tolles Gefühl, wenn zwei Menschen so eine innere Verbundenheit verspüren.

Nach diesem wunderschönen und kuscheligen Abend hatten wir aber eine Zwangspause, weil er mit seiner Studienabschlussklasse für eine Woche in die Türkei flog. Wir hörten uns dann nur noch kurz am Wochenende, bevor er flog, und dann erst gegen Mitte der Woche aus der Türkei. Vor ein paar Jahren waren die Handyverträge in der Schweiz noch nicht so ausgebaut und auch noch relativ teuer, wenn es um SMS und Telefonate ins oder aus dem Ausland ging.

Ich nutzte die freie Zeit zum Packen, da der Umzug auch nicht mehr lange hin war, und zumal ich ja auch noch einen neuen Job Mitte Juni anfing. Somit musste alles für Ende September vorbereitet sein. Die neue Wohnung konnte ich ab Oktober 2012 beziehen.

Die tolle Lovestory ging dann nach seiner Rückkehr weiter. Schon am nächsten Samstag waren wir verabredet. Er erzählte von seinen ganzen eindrucksvollen Erlebnissen in der Türkei, wir schauten Bilder an, aßen zusammen zu Abend und unternahmen etwas. Ich war glücklich und dankbar zugleich, so einen Seelenverwandten an meiner Seite zu haben.

Da ich in der Schweiz allein lebe – damit meine ich ohne Familie beziehungsweise ohne Geschwister – und auch nach so einer kurzen Zeit kaum Bekannte, Freunde hatte, auf die man sich verlassen konnte, organisierte und bestellte ich für den Umzug ein Umzugsunternehmen. Grundsätzlich kam alles mit und hatte in der neuen, kleineren Wohnung Verwendung, nur ein hoher Flurschrank musste weichen, da kein Platz dafür da war. Da mein neuer Lebensabschnittspartner handwerklich begabt war, weil er vor dem Studium eine handwerkliche Lehre gemacht hatte, war es für ihn eine Kleinigkeit, mir diesen Schrank zu zerlegen. Während ich uns etwas zum Essen machte, und er mochte meine vorbereiteten Speisen, schraubte er mir den Schrank auseinander. Wir waren ein tolles Team. Es ging alles Hand in Hand, ohne große Diskussionen und Debatten, wer mehr oder weniger gemacht hatte.

Die nächsten Wochen nahmen ihren Lauf. Mitte Juni fing ich einen neuen Job als Business Analystin für einen deutschen Konzern in der Schweiz an. Ich war sehr nett aufgenommen worden, hatte eine sporadische Einarbeitungszeit mit dem Kollegen, der es vor mir gemacht hatte und eigentlich nicht mehr offiziell da war. Er kam nur nach seiner neuen Arbeit, um mir das eine oder andere zu zeigen, da der neue Job sehr Tabellen- und Tools-lastig war. Dann war ich völlig auf mich allein gestellt. Aber das machte mir absolut nichts aus, denn das war ich schon von anderen Jobs gewohnt und gehörte schon irgendwie zu meinem beruflichen Lebenslauf dazu.

Die Kollegen waren wirklich alle sehr nett und hilfsbereit. Ein sehr internationales Umfeld, in dem ich mich sehr wohl fühlte. Als Business Analystin hatte ich in vielerlei Hinsicht eine Schnittstellen-Funktion und war von vielen anderen Informationen und von Einhaltung der

Deadlines für die Ausführung meiner Aufgaben sehr von anderen Teams abhängig. Es dauerte ein wenig Zeit, bis sich alles einspielte und ich musste jedes Mal aufs Neue auf die Kollegen zugehen und erklären, warum ich was für etwas brauchte. Manchmal war es schon sehr nervenzerreißend, aber nur mit Geduld und Verständnis für den anderen kam man weiter. Wenn nicht, musste ich improvisieren und nach bestem Wissen und Gewissen handeln. Dieser Job war sehr vielfältig. Zahlen, Analysen, Prozesse, Vorschläge für neue Maßnahmen und ganz viele interne Projekte, in denen ich mich wirklich einbringen und verwirklichen durfte.

Ich hatte es menschlich mit dem einfachen Lagerarbeiter bis zur Managementebene zu tun. Jeder Tag war anders und nicht wirklich planbar. Nur meiner Natur hatte ich es zu verdanken, dass ich so gut strukturiert und organisiert war, dass mir nichts aus dem Ruder lief und auf die Füße fiel. Ich hatte immer alle Vorgaben und Deadlines einhalten können, und wenn nicht, dann hatte ich es rechtzeitig kommuniziert und nachgeliefert. Ich hoffe, ihr spürt meine Begeisterung für diese Position. Ich hatte einen ganz tollen Vorgesetzten, er war schon älter, erfahrener, ist mit den Mitarbeitern sehr respektvoll umgegangen und musste keine Ellbogen ausbreiten, um jemandem etwas zu beweisen. Es sind tolle kollegiale Freundschaften entstanden, die bis heute anhalten.

Kaum hatte ich mich im Job eingelebt, stand auch schon der Umzug an. Aber da alles gut vorbereitet und organisiert war, war es keine große Sache. Der Umzug fand an einem langen Wochenende statt und den Rest machte ich Schritt für Schritt noch am selben Wochenende oder den Tagen danach und nach der Arbeit. Es kam Gott sei Dank nichts Unverhofftes dazu und auch hier sei gesagt: Organisation ist das halbe Leben.

Kapitel 12

Neuer Job, neue Wohnung und die große Liebe. Dachte ich zumindest. Doch der Schein trog. Im Laufe der Zeit, die wir ganz toll miteinander nebst den neuen Jobs – er hatte nämlich auch einen neuen begonnen – verbracht und genutzt hatten, schlichen sich Veränderungen an ihm ein. Es gab öfter Ausreden, warum wir uns nicht sehen konnten; der neue Job, viel zu tun, müde und so weiter. Ich fing an, mir den Kopf zu zerbrechen, wollte es verstehen und übte natürlich ein wenig Druck auf ihn aus. Das jedoch brachte absolut gar nichts, denn er machte nur noch weiter zu und machte es nur noch mit sich selbst aus. Ich ließ ihn dann auch eine Weile in Ruhe und hoffte insgeheim, dass sich alles wieder normalisierte, aber es kam alles anders.

Nach vierzehn Tage hoffen und bangen kam er dann endlich irgendwann mal und offenbarte mir kurz und schmerzlos, dass er sich von mir trennen würde. Es sei ihm alles viel zu eng geworden, er merke, dass ich aufgrund des Altersunterschieds andere Wünsche und Vorstellungen habe, die er mir zu dem Zeitpunkt nicht erfüllen könne. Ich stand da und war wie vom Blitz getroffen. Enttäuscht, verletzt und es fühlte sich so an, als wenn mir jemand den Boden unter den Füßen wegriss. All meine Einwände und der Versuch, ihn umzustimmen, waren erfolglos. Er hatte diese Entscheidung bereits tief und fest in der Pause, wo er mich nicht sehen wollte, getroffen. Es war so unlogisch, so unnachvollziehbar, weil eigentlich fehlte es uns an nichts. Er hatte ganz einfach nur kalte Füße vor den nächsten Schritten bekommen, für die er noch nicht bereit war, wie er mir erklärte. Ich war sprachlos und fassungslos zugleich. Natürlich hatten wir über ernste Themen wie zusammenleben, heiraten und Kinder bekommen gesprochen, aber mir war nicht klar, dass ihn das total überrumpelt und überfordert hatte. Aber anscheinend doch, deshalb sage ich immer: Man kann jedem nur vor den Kopf schauen, aber nicht dahinter. Ein Beweis mehr für diesen Spruch und natürlich auch für den Altersunterschied von etwas mehr als sieben Jahren.

Es wäre halt zu schön gewesen, wenn es wieder auf allen Linien positiv verliefe. Neuer Job, den ich total mochte, die neue Wohnung, aber ein gebrochenes Herz und nach fünf Monaten wieder Single. Da wir uns aber emotional sehr nah waren, versprachen wir uns, beziehungsweise ich bestand darauf und ihm war es auch ganz recht so, dass wir gute Freunde blieben. Irgendwann an dem Abend ging er dann wieder und ich wusste, weil ich das fühlte, dass es ihm genauso schwer ums Herz war wie mir. Aber eine Entscheidung war eine Entscheidung. Als er da war, versuchte ich, mich zusammenzureißen und stark zu bleiben, nachdem die Tür aber ins Schloss gefallen war, konnte ich die Tränen nicht mehr halten und die ganze Enttäuschung überkam mich.

Das Wochenende war damit sprichwörtlich »ins Wasser« gefallen. Am nächsten Tag schlief ich ganz lange und musste erst mal wieder zu mir kommen. Aber nun, so war das Leben. Immer wieder für Überraschungen gut, und unberechenbar. Aber das Leben musste weitergehen und das tat es auch nächsten Montag. Verletzt und gekränkt schleppte ich mich zur Arbeit, ließ mir aber natürlich nichts anmerken.

Gleich in der neuen Wohnung, Mitte Oktober, da in Deutschland Herbstferien waren, hatte sich Besuch angekündigt. Meine Schwester und meine Nichte waren mich das erste Mal in der Schweiz besuchen gekommen. Ich hatte in der Woche freigenommen, um mit ihnen Basel und die Umgebung zu erkunden. Sie blieben eine ganze Woche und da wir uns schon länger nicht gesehen, uns nur sporadisch am Telefon oder per SMS gehört hatten, gab es auch viel unterwegs und am Abend zu erzählen. Am Abend kochte ich meistens etwas Warmes zu essen, dann spielten wir entweder ein Brettspiel oder wir schauten fern. Am Samstag vor der Abreise gab es noch typisch schweizerisches Raclette, zu dem ich auch meinen Ex-Freund eingeladen hatte, der auch kam, sodass mein Besuch ihn, auch wenn nur als mein Ex, noch kennenlernte. Das Resümee meiner Schwester war: »Ein echt netter und sympathischer Typ und schade, dass es vorbei ist.«

Es war bereits Ende Oktober, der Besuch war weg und die langen kalten Wintertage brachen an. Die Spuren des Umzugs waren beseitigt, alle Kartons ausgepackt, Bilder aufgehängt und die Wohnung wieder gemütlich eingerichtet. Ich fühlte mich richtig wohl, aber vor allem auch sicher in der kleinen, überschaubaren Wohnung im zweiten Stock. Nach dem Einbruch in der alten Wohnung hatte ich mir vorgenommen, nie wieder allein im

Erdgeschoss oder Hochparterre zu wohnen. Schnell waren auch Freundschaften mit den Nachbarn geschlossen und man trank auch mal hin und wieder einen Kaffee auf dem Balkon zusammen und plauderte über Gott und die Welt.

Die Zeit verging, erst Weihnachten und Silvester, dann wieder ein Jahr älter mit dem nächsten Geburtstag im Januar 2013, aber nichts besonders Spektakuläres passierte in meinem Leben. Arbeit, Sport und die üblichen Pflichten, die sich aus dem Alltag ergaben. Das Frühjahr dann, der März/April, brachte ein wenig frischen Wind, weil die Tage länger wurden, man bei schönem Wetter auf dem Balkon verweilen und lesen konnte. Für den Sommer hatte ich mir in den Kopf gesetzt, einen Sprachaufenthalt in den USA zu machen. Da ich das Land liebe und eine andere Ecke davon sehen wollte, hatte ich mich für Florida entschieden. Dort gab es auch eine geeignete Sprachschule für Erwachsene. Ich beantragte beim Arbeitgeber eine Woche unbezahlten Urlaub, zwei nahm ich von meinem regulären, und flog für drei Wochen nach Fort Lauderdale. Ich hatte ein Visum für Vollzeitunterricht beantragt, weil mir das sonst zu wenig vom Sprachfortschritt gewesen wäre. Die Schule war an einer Hotelanlage angebunden, sodass der Weg morgens nicht wirklich lang war. Ich hatte nur ein Zimmer ohne Verpflegung gebucht und hoffte darauf, dass es in der Nähe tolle und gesunde Verpflegungsmöglichkeiten geben würde. Der Sommer war heiß. So heiß, dass mir die Hitze zu schaffen machte. Ich liebte Sonne und Wärme, aber die Temperaturen brachen echt alle Rekorde mit vierzig Grad im Schatten. In der Schule ließ es sich gut aushalten, weil dort rund um die Uhr die Klimaanlagen an waren. Beim Gang nach draußen bekam man dann einen ordentlichen Hitzeschlag. Es war eine tolle Zeit und ich habe in der kurzen Zeit viel gesehen, aber vor allem sehr viel geshoppt. Miami und Miami Beach waren natürlich ein Muss und wir sind sicher zweimal mit ein paar Leuten aus der Klasse dorthin gefahren. Wie so oft im Urlaub, verging die Zeit nur viel zu schnell und so stand die Abreise wieder ganz schnell an.

Zu Hause und gut erholt wieder angekommen vergingen die restlichen Monate des Jahres und es gibt wirklich nichts Interessantes, was ich euch erzählen könnte, weil ich nur noch gearbeitet habe.

Mein Ex-Freund und ich versprachen uns ja, dass wir gute Freunde bleiben wollten und uns hin und wieder für Aktivitäten oder zum Essen treffen würden. Das taten wir auch in regelmäßigen Abständen. Wir gingen immer etwas anderes essen, probierten unterschiedliche Restaurants aus und hatten immer eine tolle Zeit zusammen. Es war immer schön und spannend zu hören, was der andere in der Zeit erlebt oder gemacht hatte. Wenn es dann mal mit einem persönlichen Treffen nicht klappte, telefonierten wir dann auch nur mal. Aber ganz ehrlich und so unter uns: Bei mir schlummerte immer noch ein Funken Hoffnung, dass er es sich noch mal anders mit uns überlegte und es doch noch ein Happy End geben würde. Jedoch wartete ich leider vergeblich und meine Hoffnung sank auf der Skala immer weiter nach unten.

Die Zeitabstände, in denen wir uns sahen, wurden immer länger, da in seinem Leben mit Jobwechsel und Umzug auch immer wieder etwas Spannendes los war. Er zog auch in einen anderen Kanton um, und der Weg wurde zwangsläufig länger zwischen uns. Jeder ging seinen beruflichen und privaten Wegen nach, immer aber, wenn er in der Region war, schafften wir es meistens, uns zu sehen. Während er sich immer extrem kontrollieren konnte, gingen mit mir immer wieder die Gefühle und Emotionen durch. Sodass ich immer, wenn er in meiner Nähe war, unter Strom stand und das Verlangen hatte, ihn zu küssen und anzufassen. Er aber blieb hart, wollte mir keine falschen Hoffnungen machen, vor allem aber wollte er mich nicht zu seinem Vorteil ausnutzen. Mir wäre es in dem Moment egal gewesen, aber wenn ich jetzt darüber nachdenke, dann rechne ich es ihm hoch an, dass er sich so korrekt verhalten hat.

Eine Sache war mir jedoch nach meiner Rückkehr und bei der Betrachtung der dort gemachten Bilder extrem ins Auge gefallen. Nämlich, dass ich mir ordentlich Kilos auf den Rippen angefuttert hatte. Ich hatte es wirklich selbst nicht so gemerkt und vor lauter Kummer und Sorgen der letzten Jahre hatten sich einige davon angesammelt. Mir war klar, dass das so nicht weitergehen konnte, aber ich bekam allein auch nicht die Kurve hin, so schnell etwas daran zu ändern. Der Herbst verstrich, der Winter kam und das nächste Weihnachten, Silvester standen vor der Tür und an meiner Ausgangslage mit dem Übergewicht hatte sich nichts verändert. Erst im Frühjahr 2014 war ich emotional und mental stark genug, um dieses Thema für mich anzugehen. Mit meiner Nachbarin und mittelweile auch gut gewordenen Freundin beschlossen wir, den Pfunden den Kampf anzusagen. Wir vollzogen eine vierzehntägige, extreme Ernährungsumstellung. Die ersten zehn Kilogramm hatte ich in der Zeit verloren und bis Mai 2014, wo ich nach Berlin zu einer Hochzeit flog, war mein Ziel zwanzig Kilo und das war mir auch bis dahin gelungen.

An dieser Stelle bin ich am Ende meiner 37-jährigen jungen und kurzen Geschichte, die mich als Kind, Freundin, Frau und Partnerin extrem geprägt und nie zu Ruhe kommen lassen hat. Oft, und während ich das alles niederschreibe, stelle ich mir die Frage, ob der von meinem Papa für mich unbewusst ausgewählte Spitzname »Isaura« ein *Segen*, ein *Fluch* oder meine *Bestimmung* war bzw. ist.

Maciej Knapa

Schlussgedanken

Jeder von euch da draußen in der weiten Welt, der diese Telenovela gesehen hat, konnte sich sicher sehr gut in die junge Darstellerin reinversetzten. Die junge, hübsche Isaura spielt und verkörpert in dieser Serie einen liebevollen, herzlichen, großzügigen, hilfsbereiten und extrem gerechtigkeitsorientierten Charakter. Sie setzt sich immer für schwächere und benachteiligte Menschen ihresgleichen ein. Sie selbst wird immer als Sklavin behandelt und um ihre Freiheit bis zum Schluss der Serie beraubt. Ihren Besitzern gegenüber ist sie machtlos und hat sich als Frau immer unterzuordnen. Zum guten Schluss und als Happy End wird sie von ihrem zukünftigen Mann gegen viel Geld ausgelöst und der Freilassungsbrief erhält dann endlich seine Gültigkeit.

Die Charaktereigenschaften der Darstellerin lassen sich mit meinen vergleichen. Und obwohl es im einundzwanzigsten Jahrhundert keine Sklaverei mehr gibt, fühle ich mich jedoch aufgrund der ganzen Schicksalsschläge in mir selbst gefangen. Der Schmerz um den Verlust meines geliebten und liebevollen Vaters ist immer noch nicht verarbeitet und die ganzen anderen beschriebenen Ereignisse in meinem Leben haben ganz tiefe emotionale Wunden in mir hinterlassen.

Ich wäre nie von selbst auf die Idee gekommen, ein Buch zu schreiben, tue dies nur, weil mich mein Vater im Traum aufgesucht hat und mir diesen Gedanken mit auf den Weg gab. Die ganzen Jahre davor und auch die Jahre danach habe ich von meinem Papa nie geträumt. NIE. Nur in dieser einen Nacht und dieser starken Ermutigung. So wie er mir nie etwas als Kind ausgeschlagen hat, so habe ich nicht lange gezögert und fing schließlich an zu schreiben.

Es gibt in meiner Gefühlswelt zwar noch kein Happy End, aber ich bin um die Erfahrungen in meinem Leben sehr dankbar und durch sie viel stärker geworden.

An dieser Stelle fängt für mich eine neue, spannende Reise an, die sich Ehe nennt, über die ich euch gern auf dem Laufendem halten und im nächsten Buch berichten werde.

Herzlichst
Barbara (Isaura)

Danksagung

Dieses Buch widme ich von ganzem Herzen meinen Eltern, Helmut und Alicja Goczke. Beide sind viel zu früh von uns gegangen und beide wollten nur das Beste für ihre Kinder und sind hoffentlich stolz auf uns.

Meine allertiefste Verbundenheit, Dank und Liebe gelten Tante und Onkel und den Kindern. Ohne sie wäre die Auswanderung und eine bessere Zukunft für uns nicht möglich gewesen.

Danke auch an jeden Einzelnen von euch, der mich in irgendeiner Form kennt, in mein Leben gekommen, geblieben oder gar gegangen ist, mich inspiriert hat und ein Teil meiner jungen Geschichte geworden ist. Danke an alle Darsteller in meiner Geschichte, die ich hier bewusst nicht namentlich nenne, jedoch insgeheim hoffe, dass jeder, der mein Buch liest, sich an der richtigen Stelle wiedererkennt.

Danke an alle, die mich auf diesem Weg begleitet haben.

Herzlichst
Eure Barbara